KB045301

동물농장 : 어떤 동화

세계문학의 숲 019

Animal Farm: A Fairy Story

# 동물 농장 : 어떤 동화

조지 오웰 지음
권진아 옮김

시공사

## 일러두기

1. 이 책은 1945년 출간된 조지 오웰(George Orwell)의 《동물 농장: 어떤 동화(Animal Farm: A Fairy Story)》를 우리말로 옮긴 것이다.
2. 《동물 농장》 번역은 하코트 브레이스(Harcourt Brace) 사에서 2003년에 발행한 문고판 《Animal Farm》을 대본으로 사용했고, 부록에 실린 글 중 편지를 제외한 에세이는 크노프(Knopf) 출판사에서 2002년에 발행한 《George Orwell: Essays》를 대본으로 사용했다.
3. 본문의 주는 모두 옮긴이 주이다.

# 1장

매너* 농장 주인 존스 씨는 밤이 되자 닭장은 잠갔지만, 너무 취한 나머지 그만 깜박 잊고 작은 문을 단속하지 않았다. 그는 손전등을 이리저리 어지럽게 비추며 비틀비틀 마당을 가로질러 뒷문 앞에서 장화를 벗어 던진 뒤, 부엌방에 놓인 통에서 마지막으로 맥주를 한 잔 더 따라 마시고 침대로 올라갔다. 존스 부인은 벌써 코를 골고 있었다.

　침실 불이 꺼지자마자 농장 건물에서는 온통 부스럭대고 푸드덕거리는 소리가 들리기 시작했다. 수상 경력에 빛나는 미들화이트** 수퇘지 메이저 영감이 간밤에 이상한 꿈을 꿔서 다른 동물들에게 그 이야기를 해주고 싶어 한다는 소식이 낮에 모두

*중세 봉건 시기 영국 귀족들의 토지 소유 형태를 가리키는 단어.
**영국 토산 돼지 품종.

에게 퍼졌었다. 존스 씨가 확실히 집에 들어가고 나면 다들 곧장 큰 헛간에 모이기로 이미 약속이 되어 있었다. 메이저 영감(품평회에 나갔을 때의 이름은 '윌링던 예쁜이'였지만, 그는 항상 이렇게 불렸다)은 농장에서 신망이 높아서 그의 이야기를 듣기 위해서라면 다들 한 시간 정도는 잠을 희생할 자세가 되어 있었다.

커다란 헛간 끝에 자리한 연단같이 생긴 곳 위에 그는 이미 잠자리용 짚단을 깔고 자리를 잡고 있었다. 그 위 대들보에는 등이 매달려 있었다. 영감은 열두 살로 최근에 몸이 좀 불긴 했지만 여전히 위풍당당했고, 송곳니를 자른 적이 없는데도 현명하고 자애로운 인상을 주었다. 다른 동물들이 속속 도착해서 각자 편한 방식으로 자리를 잡았다. 먼저 온 것은 세 마리 개, 블루벨과 제시, 핀처였고, 다음으로는 돼지들이 들어와 곧장 연단 앞 짚단에 자리를 잡았다. 암탉들은 창틀에 앉았고, 비둘기들은 푸드덕거리며 서까래로 날아 올라갔다. 양들과 소들은 돼지들 뒤에 앉아 새김질을 하기 시작했다. 짐마차 말인 복서와 클로버는 같이 들어와서, 짚단 안에 조그만 동물들이 숨어 있지나 않을까 몹시 느릿느릿 움직이며 털이 수북한 커다란 발굽을 조심스레 내디뎠다. 클로버는 중년이 다 되어가는 살찐 암말로, 네 번째 망아지를 낳은 후로는 영 예전 모습을 되찾지 못하고 있었다. 복서는 키가 거의 열여덟 뼘*에 달하고 두 마리 말을 합친 것만큼 힘이 장사인 덩치 큰 말이었다. 콧등의 흰 줄 때문에 멍청해 보였고 실제로 일급의 지성을 가진 것은 아니었지만, 한결같은 성품과 엄청난 힘으로 사방에서 존경받았다. 말들 다음으로 흰 염소 뮤리엘과 당나귀 벤저민이 들어왔다. 벤저민은 농장에서 가장 나이가 많고 가장 성격이 괴팍한 동물이었다. 그는 거의 말이 없었고, 그나마 입을 열면 주로 냉소적인 말만 내뱉었다. 예를 들어, 하느님께서는 파리를 쫓으라고 꼬리를 주셨지만, 꼬리고 파리고 차라리 다 없었으면 좋겠다는 식이었다. 농장의 동물들 중에서 절대 웃지 않는 건 그뿐이었다. 이유를 물으면 웃을 거리가 없다고 대답했다. 그럼에도 불구하고, 대놓고 말하진 않지만 그는 복서를 아꼈다. 일요일이면 둘은 주로 과수원 너머 뒤의 조그만 방목장에서 말없이 나란히 풀을 뜯곤 했다.

두 마리 말이 막 자리를 잡고 앉았을 때, 어미를 잃은 오리 떼가 헛간 안으로 줄지어 들어오더니 가냘픈 소리로 꽥꽥거리며 밟히지 않을 자리를 찾아 이리저리 돌아다녔다. 클로버가 커다란 앞발을 담처럼 둘러쳐주자 오리들은 그 안에 편안히 자리를 잡더니 곧 잠이 들었다. 마지막 순간, 존스 씨의 이륜마차를 끄는 멍청하고 예쁜 암말 몰리가 각설탕을 씹으면서 고상한 척 들어왔다. 몰리는 앞쪽에 자리를 잡고는 땋은 흰 갈기에 매어놓은 빨간 리본을 자랑하려고 갈기를 흔들기 시작했다. 마지

*말의 키를 재던 단위. 한 뼘(hand)이 4인치 또는 10.16센티미터에 해당하므로 복서의 키는 약 182센티미터가 된다.

막으로 들어온 것은 고양이였다. 고양이는 늘 하듯이 가장 따뜻한 자리를 찾아 사방을 둘러보다가 마침내 복서와 클로버 사이에 끼어 들어가 앉았고, 메이저가 이야기하는 내내 한마디도 듣지 않으면서 만족한 듯이 가르랑거렸다.

이제 모세를 제외하고는 모든 동물들이 다 모였다. 모세는 길든 까마귀로, 뒷문 뒤의 횃대 위에서 자고 있었다. 메이저는 모두들 편안히 자리를 잡고 귀를 기울이며 기다리고 있는 것을 보더니, 목청을 가다듬고 이야기를 시작했다.

"동지들, 내가 어젯밤에 이상한 꿈을 꾸었다는 이야기는 다들 이미 들었을 게야. 하지만 꿈 이야기는 나중에 하지. 먼저 이야기할 게 있거든. 동지들, 내 자네들과 같이 살 날이 몇 달 안 남은 것 같아. 그래서 죽기 전에 내가 얻은 지혜를 자네들에게 전해줄 의무가 있다고 생각해. 난 오래 살았고, 우리에 혼자 누워 많은 생각을 할 시간이 있었지. 그래서 다른 어떤 동물보다도 이 땅에서의 삶의 본질을 잘 이해하고 있다고 말할 수 있을 것 같네. 바로 그 이야기를 하고 싶어.

그럼 동지들, 우리 삶의 본질이 뭔가? 인정하자고. 우리 삶은 비참하고 고되고 짧아. 태어나서 그저 숨이 붙어 있을 정도의 음식만 받고 힘이 있는 동물은 마지막 한 방울 힘까지 짜내서 일해야 하지. 그러고는 쓸모가 없어지는 순간 잔인무도하게 도살되어버리고. 영국의 동물들은 한 살만 넘어도 행복이나 여유 따위는 몰라. 영국에서는 어떤 동물도 자유롭지 않네. 동물의 삶은 비참하고 굴종적이야. 이게 바로 명백한 진실일세.

　하지만 이게 그저 자연의 이치일까? 우리가 사는 이 땅이 너무 척박해서 여기 사는 동물들이 버젓하게 살 형편이 안 되는 걸까? 아니, 절대로 그렇지 않네! 영국의 토양은 비옥하고 기후도 좋아서 지금 여기 사는 동물들보다 훨씬 더 많은 수도 넉넉하게 먹일 수 있어. 우리 농장만 해도 말 열두 마리, 젖소 스무 마리, 양 수백 마리는 먹일 수 있어. 모두가 지금으로선 상상할 수도 없을 정도로 편안하고 품위 있게 살 수 있다고. 그렇다면 우린 왜 이런 비참한 환경에서 계속 사는 걸까? 우리의 노동이 생산하는 산물 거의 모두를 인간들이 빼앗아 가기 때문일세. 동지들, 우리의 모든 문제의 해답이 바로 여기 있네. 한마디로 요약될 수 있어. 인간. 인간이 우리의 유일한 진정한 적일세. 인간을 없애면 배고픔과 과로의 근본 원인은 영원히 사라지는 거야.

　인간은 생산하지 않으면서 소비하는 유일한 존재일세. 인간은 우유를 내놓지도 않고, 달걀도 낳지 않고, 너무 약해서 쟁기를 끌지도 못하고, 토끼를 잡을 만큼 빨리 달리지도 못해. 그럼에도 모든 동물의 주인으로 군림하지. 인간은 동물들에게 일을 시키고는 굶어 죽지 않을 정도의 최소한의 먹이만 돌려주고 나머지는 자기가 챙겨. 우리의 노동이 땅을 갈고 우리의 똥이 땅을 비옥하게 하지만, 우리가 가진 것이라곤 몸에 걸친 가죽뿐일세. 거기 앞에 앉은 젖소 양반들, 지난해에 우유를 몇천

갤런이나 내놓았나? 튼튼한 송아지를 키우는 데 써야 했을 그 우유는 어떻게 됐나? 한 방울 한 방울 모두가 우리 적들의 목구멍으로 넘어가지 않았나? 그리고 암탉들, 자네들은 작년에 달걀을 얼마나 낳았나? 그런데 그중 부화해서 닭이 된 게 얼마나 되나? 나머지는 모두 시장에 나가서 존스와 그 가족들에게 돈으로 돌아왔지. 그리고 클로버, 자네가 낳은 망아지 네 마리, 노년에 버팀목이자 기쁨이 되어야 할 그 망아지들은 다 어디 있나? 모두 한 살이 되자마자 팔려 가지 않았나? 자네는 다시는 새끼들을 못 볼 테지. 네 번 해산하고 들판에서 일한 대가로, 보잘것없는 먹이와 마구간 외에 얻은 게 뭐가 있나?

게다가 심지어 이런 비참한 생활조차 제명대로 못 살아. 나야 불평이 없어. 난 운 좋은 축에 드니까. 난 열두 살이고, 자식이 400마리가 넘어. 그런 게 돼지의 자연스러운 삶일세. 하지만 어떤 동물도 결국에는 잔인한 칼날을 피하지 못해. 거기 앞에 앉은 식용 돼지들, 자네들은 모두 1년 내에 단두대에서 비명횡사하게 될 거야. 우리 모두 그 끔찍한 공포와 만나게 될 거네. 젖소, 돼지, 암탉, 양 할 것 없이 모두들 말이야. 말과 개라고 해서 팔자가 나을 것도 없지. 복서, 근육이 힘을 잃기 무섭게 존스는 폐마 도살업자에게 자넬 팔아치울 거야. 그럼 그자는 자네 목을 따고 끓여서 여우 사냥개 먹이로 주겠지. 개들이 나이가 들어서 이빨이 빠지면 존스는 그 목에 벽돌을 매달아 가까운 연못에 빠뜨려버릴 테고.

그렇다면 동지들, 우리 삶의 모든 악이 인간의 폭정에서 기인한다는 게 명백하지 않나? 인간을 없애기만 한다면, 우리 노동의 산물은 우리 것이 될 걸세. 하룻밤 사이에 우리는 부유하고 자유로워질 수 있어. 그렇다면 뭘 해야겠나? 밤낮으로 몸과 마음을 다해 인간 타도를 위해 노력해야 하지 않겠나! 이것이 바로 내가 동지들에게 전하고 싶은 말일세. 반란 말이야! 그 반란이 언제 일어날지, 일주일 후가 될지 100년 후가 될지는 알 수 없지만, 이것 하나만은 내 발 밑에 깔린 짚단만큼 확실하게 알고 있어. 조만간 정의는 이루어질 걸세. 동지들, 얼마 안 남은 생애 내내 그 사실을 직시해야 해! 그리고 무엇보다 이 이야기를 자손들에게 전해주게. 승리의 그날까지 후손들이 계속해서 투쟁하도록.

기억하게, 동지들. 절대 결심이 흔들려서는 안 돼. 어떤 말에도 미혹되어서는 안 되네. 인간과 동물의 이해관계는 같아서, 한쪽이 번영하면 다른 쪽도 번영한다는 소리엔 절대 귀를 기울이지 마. 다 거짓말일세. 인간은 자기 이익을 위해 일할 뿐이야. 그러니 우리 동물들이 투쟁으로 완전히 하나가 되고 동지애로 뭉쳐야 해. 모든 인간은 적일세. 모든 동물은 동지야."

그 순간 시끌벅적한 소동이 벌어졌다. 메이저가 말하는 동안 커다란 쥐 네 마리가 쥐구멍에서 기어 나와 엉덩이를 붙이고 앉아 연설을 듣고 있었다. 개들이 갑자기 이들을 알아챘고, 쥐들은 구멍을 향해 쏜살같이 달려간 덕분에 겨우 목숨을 부지

했다. 메이저는 앞발을 들어 소란을 진정시켰다.

"동지들." 그가 말했다. "여기 꼭 정해야 할 문제가 있군. 쥐나 토끼 같은 야생동물들은 우리 친군가 적인가? 투표에 부치세. 이 질문을 회의에 상정하지. 쥐들은 동지요?"

즉시 투표가 진행되었고, 압도적 다수가 쥐들이 동지라고 동의했다. 반대자는 넷뿐으로, 개 세 마리와 고양이였고, 고양이는 나중에 알고 보니 양쪽에 다 표를 던졌다. 메이저는 계속해서 말했다.

"이제 더 이상 할 말이 없네. 다만 다시 한 번 말하지만, 인간과 인간의 행동 방식 모두를 증오하는 것이 여러분의 의무라는 걸 절대 잊지 말게. 두 발로 걷는 건 뭐든 다 적이야. 네 발로 걷거나 날개를 가진 것들은 다 친구고. 또한 인간과 투쟁하는 과정에서 인간을 닮아가서는 절대 안 된다는 것을 잊지 말게. 인간을 타도한 후에도 인간의 악덕을 받아들여서는 안 돼. 어떤 동물도 집에서 살거나 침대에서 자거나 옷을 입거나 술을 마신다거나 담배를 피우거나 돈을 만지거나 장사를 해서는 안되는 거야. 인간의 습성은 모두 악한 걸세. 그리고 무엇보다도, 어떤 동물도 다른 동물에게 군림해서는 안 되네. 약하건 강하건, 영리하건 단순하건 간에 우린 모두 형제들이야. 어떤 동물도 다른 동물을 죽여서는 안 되네. 모든 동물은 평등한 거야.

자, 동지들, 이제 어젯밤 꿈 이야기를 하지. 자세히 묘사는 못 하겠네. 인간이 사라진 후 이 땅이 어떤 모습일지 보여주는 그런 꿈이었어. 하지만 그 꿈은 오랫동안 잊고 있던 뭔가를 떠올리게 하더군. 여러 해 전, 내가 아직 새끼 돼지였을 때, 어머니와 다른 암퇘지들이 가락과 첫 세 구절밖에 모르는 옛 노래를 부르곤 했었지. 어릴 때는 그 가락을 알았지만, 오랫동안 잊고 살았어. 그런데 어젯밤에 꿈속에서 그 노래가 다시 기억난 걸세. 게다가 노래 가사도 생각이 났어. 오래전 동물들이 불렀지만 수 세대 동안 잊힌 그 가사를 말일세. 이제 그 노래를 자네들한테 불러주겠네, 동지들. 나는 늙고 목소리도 쉬었지만, 이 곡조를 가르쳐주면 자네들은 더 잘 부를 수 있을 게야. 노래 제목은 〈영국의 동물들〉일세."

메이저 영감은 목청을 가다듬더니 노래를 부르기 시작했다. 말했듯이 목소리는 쉬었지만, 노래는 꽤 잘했다. 노래는 〈클레멘타인〉과 〈라쿠카라차〉의 중간쯤 되는 경쾌한 곡조였다. 가사는 다음과 같았다.

영국의 동물들이여, 아일랜드의 동물들이여,
만국의 동물들이여,
황금빛 미래에 대한
내 기쁜 소식을 들으라.

그날은 곧 오리니,
압제자 인간들은 타도되고,

영국의 비옥한 들판에는
동물들만 춤추리.

우리 코에서는 굴레가 사라지고,
우리 등에서는 마구가 사라지고,
재갈과 박차는 영원히 녹슬게 되리,
무자비한 채찍질도 이제는 없으리.

머리로 상상할 수 있는 이상의 풍요,
밀과 보리, 귀리와 건초,
토끼풀, 콩, 사탕무가
그날 우리 것이 되리.

영국의 들판은 환히 빛나고,
물은 더 맑아지고,
미풍은 더 달콤하게 불어오리,
우리가 자유를 얻은 그날.

그날을 위해 우리는 힘써야 하네,
그날이 오기 전에 죽을지라도,
젖소와 말, 거위와 칠면조,
모두들 자유를 위해 애써야 하네.

영국의 동물들이여, 아일랜드의 동물들이여,

만국의 동물들이여,

황금빛 미래에 대한

내 소식을 긴히 듣고 널리 퍼뜨리기를.


이 노래를 부르자 동물들은 극도로 흥분했다. 메이저가 노래를 끝내기도 전에, 동물들도 알아서 노래하기 시작했다. 가장 멍청한 동물들조차 벌써 곡조와 가사 몇 구절을 외웠고, 돼지와 개처럼 영리한 동물들은 몇 분 만에 전곡을 다 외웠다. 몇차례 연습을 거친 후 농장 전체에 〈영국의 동물들〉이 한목소리로 울려 퍼졌다. 젖소들은 음매음매, 개들은 낑낑, 양들은 매매, 말들은 힝힝, 오리들은 꽥꽥거리며 노래했다. 모두들 한없이 기쁜 마음으로 연달아 다섯 번을 반복해서 불렀다. 중간에 방해가 없었다면 밤새도록 불렀을지도 모른다.

안타깝게도, 시끄러운 소음에 존스 씨가 잠에서 깨어나 침대에서 뛰쳐나왔다. 마당에 여우가 들어온 게 틀림없다고 생각한 그는 침실 구석에 늘 세워두는 총을 움켜쥐고 어둠 속으로 여섯 번 탄환을 발사했다. 탄알이 헛간 벽에 박히자 모임은 서둘러 해산됐다. 모두 각자의 잠자리로 내뺐다. 새들은 횃대로 날아 올라갔고, 동물들은 짚단에 자리를 잡았다. 농장 전체는 곧 잠이 들었다.

# 2장

사흘 후 메이저 영감은 잠자던 중 평화롭게 눈을 감았다. 시신은 과수원 기슭에 묻혔다.

3월 초의 일이었다. 다음 석 달 동안 은밀한 움직임이 활발히 이루어졌다. 메이저의 연설로 농장의 영리한 동물들은 삶을 완전히 새롭게 바라보게 되었다. 메이저가 예언한 반란은 언제 일어날지 몰랐고, 그들이 살아 있는 동안 일어날 거라 생각할 근거도 없었다. 하지만 그들은 반란을 준비하는 것이 자신들의 의무라는 것을 분명히 이해했다. 다른 동물들을 가르치고 조직하는 일은 당연히 모두가 가장 똑똑한 동물이라고 인정하는 돼지들에게 맡겨졌다. 그중 단연 발군은 스노볼과 나폴레옹이라는 젊은 수퇘지 두 마리로, 존스 씨가 팔 목적으로 키우고 있는 돼지들이었다. 나폴레옹은 덩치가 크고 사납게 생긴 버크셔 수퇘지로, 농장에서 유일한 버크셔종이었는데, 말은 별로 없었지만 자기 의지를 관철시키는 것으로 명성이 높았다. 스노 볼은 나폴레옹보다 쾌활하고 말도 더 잘하고 창의적이었지만, 나폴레옹만큼 깊이가 있다는 평가는 받지 못했다. 농장의 다른 수퇘지들은 모두 식용 돼지들이었다. 그중 가장 유명한 녀석은 스퀼러라는 조그맣고 살찐 돼지로, 동그란 뺨에 반짝거리는 눈, 날카로운 목소리를 가진, 동작이 날랜 녀석이었다. 그는 언변이 아주 뛰어났고, 어려운 문제를 논할 때면 이쪽저쪽으로 깡충깡충 뛰며 꼬리를 휘둘렀는데, 그 모습은 웬일인지 아주 설득력이 있었다. 다른 동물들은 스퀼러라면 검은색도 흰색으로 바꿀 수 있을 거라고 말했다.

이 셋은 메이저 영감의 가르침을 완전한 사상 체계로 다듬었고, 여기에 동물주의라는 이름을 붙였다. 밤에 존스 씨가 잠들고 나면 그들은 일주일에 몇 번씩 헛간에서 비밀 집회를 가지고 동물주의의 원칙을 다른 동물들에게 설명했다. 처음에는 아둔하고 무심한 반응과 맞닥뜨렸다. 일부 동물들은 존스 씨를 "주인님"이라고 부르며 그에게 충성하는 게 의무라는 소리를 하거나, "존스 씨가 우리를 먹여주는걸. 주인님이 없어지면 우린 굶어 죽을 거야" 같은 초보적인 소리들을 해댔다. 또 어떤 동물들은 "우리가 죽고 나서 무슨 일이 벌어지건 무슨 상관이야?"라거나 "반란이 어쨌거나 일어나게 되어 있다면, 우리가 노력하든 말든 뭐가 달라져?" 같은 질문을 해서, 돼지들은 그런 대도는 동물주의의 정신에 위배된다는 것을 이해시키느라 애를 먹었다. 그중 가장 멍청한 질문을 한 것은 흰 암말 몰리였다. 몰리가 스노볼에게 던진 첫 질문은 이러했다. "반란이 일어난 후에도 설탕이 있어?"

"아니." 스노볼은 단호하게 말했다. "이 농장에서는 설탕을 만들 방법이 없어. 게다가 네겐 설탕 같은 건 필요 없어. 귀리와 건초를 먹고 싶은 만큼 먹게 될 테니까."

"그럼 갈기에 리본은 계속 달아도 되는 거지?" 몰리가 물었다.

"동지." 스노볼이 말했다. "네가 그렇게 아끼는 리본은 노예의 상징이야. 자유가 리본보다 훨씬 더 가치 있다는 건 모르겠어?"

몰리는 동의했지만, 확신 없는 목소리였다.

길든 까마귀 모세가 퍼뜨리는 거짓말에 맞서 싸우는 것은 훨씬 더 힘이 들었다. 존스 씨가 애지중지하는 애완동물인 모세는 스파이에다 고자쟁이였지만, 이야기의 명수이기도 했다. 그는 모든 동물들은 죽고 나면 슈거캔디 산이라는 신비한 곳에 간다고 주장했다. 그곳은 저 하늘 높이 어딘가에, 구름보다 조금 더 위에 있다고 말했다. 슈거캔디 산은 일주일 내내 일요일이고, 사시사철 토끼풀이 지천이며, 각설탕과 아마인 케이크*가 산울타리에서 자란다는 것이다. 동물들은 모세가 이야기만

*아마씨에서 기름을 짜고 난 깻묵. 가축 사료로 쓰인다.

하고 일을 하지 않는다고 미워했지만 슈거캔디 산을 믿는 동물들도 있어서, 돼지들은 그런 곳은 없다고 설득하느라 힘든 논쟁을 벌여야 했다.

가장 충성스러운 제자는 짐수레 말 복서와 클로버였다. 이둘은 스스로 생각하는 능력은 매우 떨어졌지만, 돼지들을 선생으로 받아들인 후에는 들은 말을 고스란히 흡수하여 다시 소박한 논리로 다른 동물들에게 전해주었다. 그들은 헛간 비밀 집회에 빠짐없이 참석했고, 항상 집회의 마지막을 장식하는 순서인 〈영국의 동물들〉 합창 때는 앞장서서 노래했다.

결국 반란은 예상보다 훨씬 더 일찍, 더 쉽게 이루어졌다. 과거 존스 씨는 엄한 주인이기는 해도 능력 있는 농부였지만, 최근에는 불운을 겪었다. 소송에서 돈을 잃고 크게 낙심한 나머지 그는 정도를 넘어 술에 빠져들었다. 하루 종일 부엌의 윈저 의자에 앉아 신문을 읽고, 술을 마시고, 이따금씩 모세에게 맥주에 적신 빵부스러기를 주며 빈둥거렸다. 일꾼들은 게으르고 부정직해서, 들에는 잡초가 무성해졌고, 건물들은 지붕이 샜으며, 산울타리는 방치되었고, 동물들은 먹이도 제대로 얻어먹지 못했다.

6월이 되어 건초를 베어야 할 시기가 되었다. 하지 전날인 토요일, 존스 씨는 윌링던에 갔다가 '레드 라이언' 술집에서 고주망태가 되어 일요일 정오가 되어서야 돌아왔다. 일꾼들은 아침 일찍 소젖을 짠 다음 동물들에게 먹이도 주지 않고 토끼 사냥을 나갔다. 존스 씨는 돌아오자마자 〈뉴스 오브 더 월드〉*를 얼굴에 덮고 거실 소파에 누워 잠이 들었고, 그래서 저녁때까지도 동물들은 아무 먹이도 먹지 못했다. 마침내 더는 참을 수 없는 상황이 되었다. 젖소 한 마리가 뿔로 곳간 문을 들이받았고, 동물들은 모두 저장통의 곡식을 먹기 시작했다. 그때 존스 씨가 잠에서 깼다. 다음 순간 그와 일꾼 네 명은 채찍을 들고 곳간으로 들어오더니, 닥치는 대로 휘둘렀다. 굶주린 동물들의 인내심이 한계를 넘어섰다. 미리 계획하지 않았는데도 동물들은 하나가 되어 자신들을 괴롭히는 자들에게 달려들었다. 존스와 일꾼들은 갑자기 사방에서 받히고 채였다. 그들이 손쓸 수 있는 상황이 아니었다. 동물들의 이런 행동은 본 적이 없었다. 멋대로 채찍질하고 혹사시켰던 동물들이 갑자기 들고 일어나니 그들은 공포에 질려 제정신이 아니었다. 그들은 이내 저항을 포기하고 줄행랑쳤다. 1분 후 다섯 명은 모두 큰길로 이어지는 마찻길을 미친 듯이 달리고 있었고, 승리에 의기양양해진 동물들이 그 뒤를 쫓고 있었다.

존스 부인은 침실 창문을 내다보다가 벌어지는 상황을 파악하고는, 가방에 소지품 몇 개를 허둥지둥 챙겨 다른 길로 농장을 몰래 빠져나갔다. 모세가 횃대에서 홱 날아 내려와 그 뒤를 따라가면서 목청 높여 깍깍 울어댔다. 그러는 사이 동물들은

*런던에서 발행되는 대중적인 일요신문.

존스와 일꾼들을 큰길 밖으로 내몰고는 가로대가 다섯 개 달린 울타리 문을 쾅 닫았다. 그리하여 무슨 일이 벌어졌는지 깨닫기도 전에 반란은 성공적으로 이루어졌다. 존스는 추방되었고, 매너 농장은 동물들 차지가 되었다.

처음 몇 분 동안 동물들은 이 행운을 믿을 수가 없었다. 그들이 처음으로 한 일은 숨어 있는 사람이 없는지 확인이라도 하듯이 무리 지어 농장 주위를 뛰어다니는 것이었다. 그러고는 다시 농장 건물로 달려와 지긋지긋한 존스 통치의 흔적을 하나도 남김없이 쓸어버렸다. 마구간 끝의 마구실(馬具室)을 부수고, 재갈, 코뚜레, 개 사슬, 존스 씨가 돼지와 양을 거세할 때 썼던 잔인한 칼들을 모두 우물에 던졌다. 고삐, 굴레, 곁눈 가리개, 굴욕스러운 사료 망태는 마당에서 타오르고 있는 쓰레기 처리용 불 속에 집어 던졌다. 채찍도 마찬가지였다. 채찍이 불길에 휩싸이자 동물들은 모두 기뻐서 펄쩍펄쩍 뛰었다. 스노볼은 장날에 말의 갈기와 꼬리를 장식하는 리본들도 불 속에 던졌다.

"리본은." 그가 말했다. "옷으로 간주해야 하오. 그건 인간의 표시요. 동물들은 모두 벌거벗고 있어야 하오."

이 말을 들은 복서는 여름에 귓가의 파리를 쫓으려고 쓰던 조그만 밀짚모자를 가져와서는 나머지 물건들과 함께 불 속에 던졌다. 나폴레옹은 동물들을 다시 곳간으로 이끌고 가서 모두에게 먹이를 두 배로 나누어 주고 개들에게는 비스킷을 각각 두 개씩 주었다. 그리고 모두 함께 〈영국의 동물들〉을 처음부터 끝까지 연속해서 일곱 번 부른 다음, 잠자리에 들어 유례없는 단잠을 즐겼다.

하지만 그들은 새벽이 되자 평상시대로 잠에서 깼다. 그러고는 갑자기 어제의 영광스러운 일을 떠올리고 모두 함께 목장으로 달려 나갔다. 목장 아래로 조금 내려가면 농장이 거의 다 보이는 조그만 언덕이 있었다. 동물들은 언덕 꼭대기로 달려 올라가 청명한 아침 햇살 속에서 주위를 둘러보았다. 그렇다, 그들의 것이었다—눈앞의 모든 게 다 그들의 것이었다! 그들은 환희에 차서 사방을 깡충깡충 뛰어다니고 흥분해서 공중으로 펄쩍 뛰어올랐다. 그들은 이슬 내린 풀밭을 뒹굴고 달콤한 여름풀을 한 입 가득 뜯어 먹고 시커먼 흙덩이를 발로 차 파헤쳐서는 짙은 흙냄새를 들이마셨다. 그러고는 농장 전체를 시찰하며 경작지와 건초용 풀밭, 과수원, 저수지, 잡목림을 말없이 감탄하며 둘러보았다. 마치 이 모든 것을 처음 보는 것 같았다. 심지어 그 순간조차 이 모든 게 그들의 것이라는 사실을 믿을 수가 없었다.

그리고 나서 그들은 다시 줄지어 농장 건물로 돌아와 농가 문 앞에 조용히 멈추었다. 농가 역시 그들의 것이었지만 들어가기가 두려웠다. 하지만 잠시 후 스노볼과 나폴레옹이 어깨로 밀어 문을 열자 동물들은 일렬로 걸어 들어갔다. 그들은 물건을 건드리기라도 할까 봐 극도로 조심하며 이 방 저 방 살금살금 돌아다녔고, 소리 낮춰 속삭이며 깃털 매트리스가 놓인 침대, 거울, 마미단* 소파, 브뤼셀 카펫, 거실 벽난로 위에 걸린 빅토리아 여왕 석판화 등 믿을 수 없이 호화로운 물건들을 감탄하며 바라보았다. 막 계단을 내려오다가 그들은 몰리가 사라진 것을 알았다. 다시 돌아가 보니 몰리는 뒤에 처져서 가장 좋은 침실에 남아 있었다. 몰리는 존스 부인의 화장대에서 파란 리본을 꺼내 자기 어깨에 대고는 거울 속 자신의 모습에 바보같이 얼이 빠져 있었다. 동물들은 몰리를 따끔하게 나무라고 밖으로 나갔다. 부엌에 걸려 있던 햄들은 장례를 치러주려고 가지고 나왔고, 부엌방에 있던 맥주 통은 복서가 발굽으로 차서 박살을 냈다. 그 외에는 집 안의 아무것도 건들지 않았다. 그 자리에서 모두 농가를 박물관으로 보존하자고 만장일치로 결정했다. 그리고 어떤 동물도 거기서 살아서는 안 된다고 합의했다.

동물들이 아침을 먹고 나자, 스노볼과 나폴레옹은 모두를 다시 소집했다.

"동지들." 스노볼이 말했다. "지금은 6시 반이고 아직 우리 앞에는 긴 하루가 남아 있소. 오늘 우리는 건초용 풀을 수확할 겁니다. 하지만 그 전에 먼저 해야 할 일이 있소."

돼지들은 존스 씨 아이들이 쓰고 쓰레기 더미에 버린 헌 철자책으로 지난 석 달 동안 독학으로 읽기와 쓰기를 익혔다는

*말이나 낙타 털로 짠 모직 천.

사실을 밝혔다. 나폴레옹은 검정색과 흰색 페인트 통을 가져오게 하더니 큰길로 나가는, 가로대가 다섯 개 달린 울타리 문으로 앞장서서 갔다. 이어서 스노볼이(그가 글씨를 가장 잘 썼기 때문이다) 앞발의 두 발굽 사이에 붓을 끼우고는 맨 위 가로대에 쓰인 '매너 농장'을 지우더니 그 자리에 '동물 농장'이라고 썼다. 이제부터는 이것이 농장의 이름이었다. 그러고 나서 그들은 다시 농장 건물로 돌아갔고, 스노볼과 나폴레옹은 사다리를 가져오게 해서 커다란 헛간의 벽 끝에 세웠다. 그들은 지난석 달간 공부한 끝에 동물주의의 원칙을 칠계명으로 줄이는 데성공했다고 설명했다. 이제 이 칠계명을 벽에 적을 것이고, 이는 동물 농장의 모든 동물들이 영원히 지키며 살아야 할 불변의 계율이 될 것이다. 스노볼은 다소 힘겹게(돼지가 사다리 위에서 균형을 잡기란 어렵기 때문이다) 사다리를 올라가 작업에 착수했고, 스퀼러는 몇 칸 아래에서 페인트 통을 들어주었다. 계명은 타르를 칠한 벽에 흰색으로 커다랗게 써서 30야드 밖에서도 잘 보였다. 그 내용은 다음과 같았다.

칠계명

1. 두 발로 걷는 것은 모두 적이다.
2. 네 발로 걷거나 날개가 달린 것은 모두 친구다.
3. 어떤 동물도 옷을 입어서는 안 된다.

4. 어떤 동물도 침대에서 자서는 안 된다.

5. 어떤 동물도 술을 마셔서는 안 된다.

6. 어떤 동물도 다른 동물을 죽여서는 안 된다.

7. 모든 동물은 평등하다.


글씨가 아주 깔끔했다. '친구'가 '칭구'로 쓰이고 'ㄷ' 하나가 반대 방향으로 쓰인 것을 제외하면 철자법도 다 맞았다. 스노볼이 다른 동물들을 위해 큰 소리로 계명들을 읽어주었다. 동물들은 모두 동의하며 고개를 끄덕였고, 똑똑한 녀석들은 당장 계명을 외우기 시작했다.

"자, 동지들." 스노볼이 붓을 던지며 외쳤다. "건초 밭으로 갑시다! 명예를 걸고 존스와 일꾼들보다 더 빨리 추수해봅시다."

하지만 그 순간 한동안 불편한 기색이었던 젖소 세 마리가 큰 소리로 울어대기 시작했다. 24시간 동안 아무도 젖을 짜주지 않아 젖통이 터지기 일보직전이었던 것이다. 돼지들은 잠시 생각하다가 양동이를 가져오게 하더니 꽤 성공적으로 젖을 짰다. 앞발이 이 일에 꽤 적합했다. 다섯 통의 양동이가 이내 거품 이는 크림색 우유로 가득 찼고, 동물들은 이를 흥미롭게 지켜보았다.

"저 우유는 다 어쩌지?" 누군가 말했다.

"존스는 가끔 우리 모이에 섞어 줬는데." 암탉 하나가 말했다.

"우유는 신경 쓰지 마시오, 동지들!" 나폴레옹이 양동이 앞에 서서 외쳤다. "그긴 알아서 하겠소. 추수가 더 중요합니다. 스노볼 동지가 앞장설 거요. 나는 몇 분 뒤에 따라가겠소. 동지들, 앞으로! 건초가 기다리고 있소."

그래서 동물들은 추수하러 건초용 풀밭으로 우르르 몰려갔고, 저녁때 돌아와 보니 우유는 사라지고 없었다.

# 3장

건초를 거둬들이느라 얼마나 고생하고 땀을 흘렸던가! 하지만 그 노고에는 보상이 따랐다. 추수가 희망했던 것보다 훨씬 더 성공적이었기 때문이다.

일이 힘들 때도 있었다. 농기구가 동물이 아니라 인간을 위해 만들어진 것이라 뒷다리로 서야 하는 기구들은 쓸 수가 없었던 것이다. 하지만 돼지들은 너무도 영리해서 모든 어려움을 극복할 방법을 생각해냈다. 말들은 들판에 관해서라면 구석구석까지 훤했고, 사실 풀베기와 갈퀴질은 존스와 일꾼들보다 더 잘 알고 있었다. 돼지들은 실제로 일을 하지는 않았지만 다른 동물들을 지휘하고 감독했다. 탁월한 지식을 가졌으니 그들이 지도자 역할을 맡는 것이 당연했다. 복서와 클로버는 스스로 절삭기나 써레를 메고(물론 이즈음에는 재갈이나 고삐는 필요하지 않았나) 들판을 착실하게 돌고 또 돌았고, 돼지들은 그 뒤를 따라가며 상황에 따라 "힘내시오, 동지!" 또는 "뒤로, 동지!"라고 외쳐댔다. 가장 조그만 동물들에 이르기까지 모든 동물들이 풀을 뒤집고 모으는 일을 했다. 오리와 암탉들까지도 부리에 조그만 풀다발을 물고 왔다 갔다 나르며 태양 아래서 하루 종일 일했다. 결국 그들은 존스와 일꾼들이 보통 걸렸던 시간보다 이틀 더 일찍 추수를 끝냈다. 게다가 역대 본 적 없던 풍년이었다. 손실도 전혀 없었다. 암탉과 오리들이 눈을 부릅뜨고 마지막 한 줄기까지 거둬들였기 때문이다. 농장의 어떤 동물도 한 입두 식량을 훔치지 않았다.

여름 내내 농장 일은 시계처럼 정확히 굴러갔다. 행복이 가능하다고는 상상조차 해본 적 없던 동물들은 너무도 행복했다. 먹이를 한 입 먹을 때마다 행복감이 물밀 듯이 밀려왔다. 투덜대는 주인이 아까워하며 조금씩 나눠 주는 먹이가 아니라 스스로 자신을 위해 생산한 먹이이기 때문이다. 쓸모없는 기생충 같은 인간들이 사라지자 모두의 몫이 더 많아졌다. 경험한 적 없는 일이기는 하지만 여가 시간도 더 많아졌다. 어려움도 많았다. 예를 들어, 농장에 탈곡기가 없어서 나중에 곡물을 수확할 때는 옛날 방식으로 밟은 다음 입으로 겨를 날려야 했다. 하지만 영민한 돼지들과 엄청난 근육을 가진 복서가 항상 문제를 돌파했다. 모두가 복서를 칭찬했다. 그는 존스가 주인이던 시절에도 열심히 일했지만, 이제는 세 마리 몫은 하는 것 같았다.

농장 일 모두를 그의 강인한 어깨로 짊어지고 있는 듯한 날도 있었다. 그는 아침부터 밤까지 밀고 끌었고, 항상 가장 힘든 일이 있는 곳에 있었다. 그는 수평아리 하나에게 부탁해 아침에 다른 동물들보다 30분 일찍 깨워달라고 한 다음, 하루 일과가 시작되기 전 가장 도움이 필요해 보이는 곳에서 자발적으로 일을 더 했다. 모든 문제와 난관에 대한 그의 대답은 "내가 더 열심히 할게!"였다. 그가 자신의 좌우명으로 삼은 말이었다.

하지만 모두 자기 능력껏 일했다. 예를 들어, 암탉과 오리는 추수 때 떨어진 낱알들을 모아서 5부셀*을 건져냈다. 누구도 도둑질을 하지 않았고, 받은 먹이에 대해 불평하지 않았다. 예전에는 늘 있던 말다툼이나 물어뜯기, 시기심도 거의 사라졌다. 뺀질거리며 게으름을 피우는 동물도 없었다, 아니 거의 없었다. 사실 몰리는 아침에 잘 못 일어났고 발굽에 돌멩이가 박혔다며 일찍 일을 그만두는 경향이 있기는 했다. 또 고양이도 좀 언짢게 굴었다. 할 일이 있을 때면 고양이는 코빼기도 보이지 않는다는 것을 모두들 곧 알아챘다. 녀석은 몇 시간이고 사라졌다가 식사 시간이나 일이 끝난 뒤 저녁때가 되어서야 천연덕스럽게 나타나곤 했다. 하지만 늘 끝내주는 변명을 늘어놓고 사랑스럽게 가르랑댔기 때문에 나쁜 마음으로 그랬다고는 차마 믿을 수가 없었다. 당나귀 벤저민 영감은 반란 이후에도 별

*과일, 곡물 등의 중량 단위. 영국에서 쓰이는 1부셀은 약 28킬로그램이다.

반 달라진 게 없었다. 영감은 존스 시절과 다름없이 게으름을 피우지도 않고 추가 작업에 자원하고 나서는 일도 없이 느릿느릿 완고하게 일했다. 반란과 그 결과에 대해서는 아무 의견도 말하지 않았다. 존스가 없어지고 나니 더 행복하지 않느냐는 질문을 받으면 그는 그저 "당나귀들은 오래 살지. 자네들 중 누구도 죽은 당나귀를 본 적 없잖나" 하고 말했고, 다른 동물들은 이 불가해한 대답으로 만족할 수밖에 없었다.

일요일에는 일을 하지 않았다. 아침 식사는 평소보다 한 시간 늦게 했고, 그 후에는 매주 빠짐없이 거행하는 의식이 있었다. 먼저 깃발 게양식을 했다. 스노볼이 마구실에서 존스 부인이 쓰던 낡은 초록색 식탁보를 찾아내 그 위에 흰색으로 발굽과 뿔을 그렸다. 이 깃발이 일요일 아침마다 농장 정원의 깃대에 올라갔다. 깃발이 초록색인 것은 영국의 푸른 들판을 나타내는 것이고 발굽과 뿔은 마침내 인류가 타도될 때 일어날 미래의 동물 공화국을 의미한다고 스노볼은 설명했다. 깃발 게양식이 끝나면 모두들 큰 헛간으로 몰려 들어가 '회의'라고 부르는 총회를 했다. 여기서 다음 주 작업을 계획하고 결정을 내리고 토론을 벌였다. 결정을 내리는 것은 늘 돼지들이었다. 다른 동물들은 투표하는 법을 알았지만 스스로 결론을 생각해내지는 못했다. 스노볼과 나폴레옹은 토론에 가장 활발하게 참여했다. 하지만 둘은 한 번도 의견이 일치하는 법이 없었다. 한쪽이 어떤 의견을 내놓든지 간에 상대편은 백발백중 반대하고 나섰다. 심지어 과수원 뒤편의 조그만 방목장을 일할 나이가 지난 동물들의 요양원으로 하자고 결정했을 때—누구도 반대할 수 없는 사안이었다—도 동물별 은퇴 연령을 놓고 격한 논쟁이 오갔다. 회의는 언제나 〈영국의 동물들〉 합창과 더불어 끝났고, 오후는 오락 시간이었다.

돼지들은 마구실을 자기들의 본부로 정했다. 저녁때면 그들은 여기서 농가에서 가져온 책으로 대장간 일과 목공 등 필요한 기술들을 공부했다. 또한 스노볼은 동물들을 데리고 분주히 동물위원회라는 것을 조직했다. 그는 이 일에 지칠 새 없이 투신했다. 암탉들을 위한 '달걀 생산 위원회', 젖소들을 위한 '깨끗한 꼬리 연맹', '야생 동지 재교육 위원회'(이 위원회의 목적은 들쥐와 토끼를 길들이는 것이었다), 양들을 위한 '더 하얀 양털 위원회', 그 외에도 여러 가지 위원회들이 꾸려졌고, 읽기와 쓰기 교실도 설립했다. 이 계획들은 대체로 실패했다. 예를 들어, 야생동물을 길들이려는 시도는 시작하기 무섭게 망했다. 녀석들은 전과 다름없이 행동했고, 융숭한 대접을 해주면 그저 이를 이용할 뿐이었다. 고양이는 재교육 위원회에 들어가서 한 며칠 동안은 열성적으로 참여했다. 그러던 어느 날 녀석이 지붕 위에 앉아 있다가, 발이 닿지 않는 곳에 있는 참새들에게 말을 거는 장면이 목격되었다. 고양이는 이제 모든 동물들은 동지가 되었으니 원하는 참새는 와서 앞발에 앉아도 좋다고 말하고 있었다. 하지만 참새들은 가까이 오려고 하지 않았다.

그러나 읽기와 쓰기 교실은 대성공이었다. 가을 무렵이 되자 농장 동물은 모두 어느 정도 글을 깨쳤다.

돼지들은 이미 완벽하게 읽고 쓸 수 있었다. 개들은 꽤 글을 잘 읽을 수 있게 되었지만, 칠계명 외에는 읽는 데 관심이 없었다. 염소 뮤리엘은 개들보다 읽기 실력이 좀 더 나아서, 가끔 저녁때 쓰레기 더미에서 가져온 신문 조각을 다른 동물들에게 읽어주기도 했다. 벤저민은 돼지들 못지않게 글을 잘 읽었지만, 한 번도 자기 능력을 발휘하지 않았다. 자기가 아는 한 읽을 가치가 있는 건 하나도 없다고 그는 말했다. 클로버는 자모는 다 익혔지만 단어를 조합하지는 못했다. 복서는 'ㄹ'을 넘어가지 못했다. 그는 땅바닥에 커다란 발굽으로 ㄱ, ㄴ, ㄷ, ㄹ을 그려놓고는, 귀를 쫑긋 뒤로 젖히고 때로는 이마 갈기를 흔들며 이를 뚫어져라 쳐다보면서, 다음 글자가 뭔지 죽어라고 생각했지만 성공한 적이 없었다. 사실 몇 번은 ㅁ, ㅂ, ㅅ, ㅇ까지 배운 적도 있지만, 이 글자들을 알게 될 즈음이면 항상 ㄱ, ㄴ, ㄷ, ㄹ은 이미 잊어버렸다. 결국 그는 처음 네 글자를 아는 정도로 만족하기로 하고 매일 한두 번씩 쓰면서 기억을 환기했다. 몰리는 자기 이름에 들어가는 글자 외에는 아무것도 배우려 하지 않았다. 그러고는 나뭇가지들을 예쁘게 모아 이름 모양을 만들어놓고 꽃 한두 송이로 장식한 다음 그 주위를 빙빙 돌며 감탄하곤 했다.

그 외 다른 동물들은 'ㄱ' 이상 진도를 나가지 못했다. 또

한 양이나 암탉, 오리 같은 멍청한 동물들은 칠계명을 외우지도 못했다. 스노볼은 궁리 끝에 칠계명은 사실상 다음 한 문장으로 줄일 수 있다고 공표했다. "네 발 좋아, 두 발 나빠." 그는 이 말에 동물주의의 핵심 원리가 담겨 있다고 말했다. 이 말만 철저하게 이해한다면 누구든 인간에게 물드는 일이 없을 것이라고 했다. 처음에는 새들이 자신들도 발이 둘인 것 아니냐며 반대했지만, 스노볼은 그렇지 않다고 증명해 보였다.

"동지들, 새의 날개는 조작 기관이 아니라 추진 기관이오. 그러니 날개는 다리로 간주해야 합니다. 인간의 가장 큰 특징은 바로 그 손, 온갖 못된 짓을 저지르는 도구인 손입니다."

새들은 스노볼의 긴 말을 이해하지 못했지만 그 설명을 받아들였고, 모든 변변찮은 동물들은 당장 이 새 금언을 외우기 시작했다. "네 발 좋아, 두 발 나빠"는 헛간 벽 끝 칠계명 위에 더 큰 글씨로 쓰였다. 일단 다 외우고 나자 양들은 이 금언을 굉장히 좋아하게 되었다. 그들은 종종 들판에 앉아 "네 발 좋아, 두 발 나빠! 네 발 좋아, 두 발 나빠!" 하고 일제히 매매 외쳐대기 시작해서는 지치지도 않고 몇 시간이고 계속 울어댔다.

나폴레옹은 스노볼의 위원회들에는 관심이 없었다. 그는 이미 다 자란 동물들에게 해줄 수 있는 그 어떤 일보다도 어린 것들의 교육이 더 중요하다고 말했다. 추수 직후 제시와 블루벨이 모두 새끼를 낳아, 건강한 강아지가 아홉 마리 탄생했다. 나폴레옹은 강아지들이 젖을 떼기 무섭게 자기가 교육을 책임지겠다며 어미들에게서 네려샀다. 그러고는 강아지들을 마구실에서 사다리를 타고 올라가야 하는 다락에다 올려놓고 철저히 격리시켰다. 농장의 다른 동물들은 곧 강아지들의 존재를 까맣게 잊어버렸다.

우유가 어디로 갔는지에 관한 수수께끼는 곧 밝혀졌다. 매일 돼지죽에 들어간 것이다. 이제 사과가 익어가기 시작하고, 과수원 풀밭에는 바람에 떨어진 과일들이 흩어져 뒹굴었다. 동물들은 당연히 이 과일들도 공평하게 나눌 것이라고 생각했다. 하지만 어느 날, 돼지들이 먹도록 낙과들을 다 주워서 마구실로 가져오라는 지시가 내려왔다. 이 말에 몇몇 동물들이 투덜거렸지만 아무 소용이 없었다. 돼지들은 하나같이 이 일에 동의했다. 심지어 스노볼과 나폴레옹까지 같은 의견이었다. 스퀼러가 다른 동물들에게 필요한 설명을 해줄 임무를 받고 왔다.

"동지들!" 스퀼러가 외쳤다. "설마 우리 돼지들이 이기심과 특권 의식으로 이러는 거라고 생각하는 건 아니겠죠? 사실 우리 중에는 우유와 사과를 싫어하는 돼지들도 많습니다. 나부터도 싫어한다고요. 우리가 이걸 먹는 목적은 오로지 건강을 지키기 위해서입니다. 우유와 사과에는(이건 과학적으로 증명된 사실입니다, 동지들) 돼지의 건강에 꼭 필요한 요소들이 들어 있어요. 우리 돼지들은 정신노동자입니다. 이 농장을 경영하고 조직하는 일이 모두 우리에게 달려 있어요. 우린 밤낮으로 여러분의 안위를 지키고 있습니다. 우리가 우유를 마시고 사과를 먹는 건 다 여러분을 위해서예요. 우리 돼지들이 의무를 다하지 못하면 어떤 일이 생기는지 압니까? 존스가 돌아올 거라고요! 그렇고말고요, 동지들." 스퀼러는 이쪽저쪽으로 뛰어다니고 꼬리를 흔들며 거의 애원하듯이 울부짖었다. "존스가 돌아오는 꼴을 보고 싶은 동물은 당연히 아무도 없겠죠?"

이제 동물들이 전적으로 확신하는 한 가지가 있다면, 그것은 존스의 귀환을 원하지 않는다는 사실이었다. 이런 관점을 들이대니 그들은 더 이상 할 말이 없었다. 돼지들의 건강 유지가 중요하다는 것은 너무도 명백했다. 그래서 우유와 낙과들은 (그리고 다 익은 다음 수확한 사과도) 돼지들만의 몫으로 하자는 데 모두 더 이상의 논쟁 없이 동의했다.

# 4장

여름이 다 갈 무렵 동물 농장에서 벌어진 일은 나라의 절반쯤에 쫙 퍼졌다. 스노볼과 나폴레옹은 매일 비둘기들을 날려 보냈다. 이웃 농장들의 동물들과 어울리면서 반란 이야기를 해주고 〈영국의 동물들〉 노래를 가르쳐주라는 임무를 받은 비둘기들이었다.

그 시간의 대부분을 존스 씨는 윌링던의 '레드 라이언' 술집에 죽치고 앉아서, 들어주는 사람만 있으면 천하에 쓸모없는 동물들에 의해 자기 집에서 쫓겨난 끔찍이 억울한 신세타령을 늘어놓았다. 다른 농부들은 원칙적으로는 동정했지만 처음에는 별 도움을 주지 않았다. 존스의 불행을 이용해서 이득을 볼 방법이 없을지 모두들 마음속 몰래 궁리하고 있었던 것이다. 동물 농장과 이웃한 두 농장의 주인들이 영원한 앙숙인 게 다

행이었다. 그중 하나인 폭스우드라는 농장은 넓지만 방치된 구식 농장으로, 제멋대로 우거진 숲에 잠식당하고, 목초지는 허허벌판에, 산울타리도 엉망진창이었다. 그 주인인 필킹턴 씨는 태평스러운 대농장주로, 철에 따라 낚시나 사냥을 하며 대부분의 시간을 보냈다. 다른 농장인 핀치필드는 규모는 더 작았지만 관리는 더 잘되어 있었다. 그 주인인 프레더릭 씨는 끈질기고 약삭빠른 사람으로 늘 송사에 연루되어 있으며 가차 없는 흥정 솜씨로 유명했다. 이 두 사람은 상대방이라면 질색을 하기 때문에 어떤 일에도 합의하기 어려웠다. 심지어 자기 이익이 걸린 문제라도 그랬다.

그럼에도 두 사람은 동물 농장의 반란에 겁을 단단히 먹었고, 자기네 동물들이 자세한 사정을 알지 못하게 하려고 전전긍긍했다. 처음에 그들은 동물들이 농장을 스스로 꾸린다는 것을 비웃어 넘기는 척했다. 두 주 후면 모든 일이 끝나 있을 거라고 그들은 말했다. 매너 농장(그들은 꼭 매너 농장이라고 불렀다. '동물 농장'이라는 이름을 용인할 생각은 전혀 없었다) 동물들은 항상 서로 싸워대며 급속도로 굶어 죽어가고 있다고 떠벌리고 다녔다. 시간이 흐르고 동물들이 굶어 죽지도 않자, 프레더릭과 필킹턴은 말을 바꾸어 동물 농장에서 횡행하고 있는 끔찍한 악행들에 대해 떠들어대기 시작했다. 동물들이 서로 잡아먹고 벌겋게 달군 편자로 고문을 자행하며 암컷들을 공유한다는 것이다. 이것이 자연의 법칙을 거스른 반란의 결과라고 프레더릭과 필킹턴은 말했다.

하지만 이런 이야기를 곧이곧대로 믿는 사람들은 없었다. 인간들이 쫓겨 나가고 동물들이 스스로의 일을 관장하는 멋진 농장에 대한 소문은 모호하고 왜곡된 형태로 계속 퍼져나갔고, 그해 내내 반란의 물결이 시골을 휩쓸었다. 늘 순했던 황소들이 갑자기 사나워졌고, 양들은 산울타리를 부수고 토끼풀을 먹어치웠으며, 젖소들은 양동이를 걷어찼고, 사냥 말들은 울타리 넘기를 거부하고 등에 탄 사람들을 건너편으로 내동댕이쳤다. 무엇보다도 〈영국의 동물들〉의 곡조, 게다가 가사까지 사방에 알려졌다. 노래는 놀라운 속도로 퍼졌다. 노래를 들은 인간들은 그냥 웃기는 노래로 치부하는 척했지만 분노를 참지 못했다. 아무리 동물이지만 어떻게 저렇게 한심한 쓰레기 같은 노래를 할 수 있는지 이해가 안 된다는 것이다. 노래하다 들킨 동물들은 그 자리에서 매질을 당했다. 그래도 노래를 막는 것은 불가능했다. 지빠귀들은 산울타리에서 지저귀며 노래했고, 비둘기들은 느릅나무에서 구구 노래했다. 노래는 대장간의 소음과 교회 종소리에도 섞여 들어갔다. 그 소리를 들을 때면 인간들은 그 속에서 다가올 파멸의 예언을 듣고 남몰래 벌벌 떨었다.

곡식들을 베어 쌓고 일부는 이미 탈곡까지 마친 10월 초 무렵, 비둘기 떼가 공중에서 휘휘 돌며 날아오더니 엄청나게 흥분하며 동물 농장 마당에 내려앉았다. 존스와 일꾼들이 폭스우드와 핀치필드의 일꾼 대여섯 명과 함께 가로대가 다섯 개 달린 울타리 문을 지나 농장으로 이어지는 마찻길을 올라오고 있다는 것이다. 총을 들고 앞장선 존스를 제외하고는 모두 막대기를 들고 있었다. 분명 농장을 탈환하려고 하는 것이었다.

이는 오래전부터 예상했던 일이어서 모든 준비가 되어 있었다. 농가에서 발견한 낡은 책에서 율리우스 카이사르의 군사 작전에 대해 공부한 스노볼이 방어 작전을 지휘했다. 그가 재빨리 명령을 내리자, 2분 만에 모든 동물들이 제 위치에 가서 섰다.

인간들이 농장 건물로 다가오자 스노볼은 첫 번째 공격에 착수했다. 서른다섯 마리나 되는 비둘기 떼가 사람들 머리 위를 이리저리 날아다니며 공중에서 똥을 투하했고, 사람들이 똥 때문에 정신없는 사이에 산울타리 뒤에 숨어 있던 거위들이 달려 나와 종아리를 사정없이 쪼아댔다. 하지만 이는 약간의 혼란을 불러일으킬 목적으로 수행한 가벼운 전초전에 불과했고, 인간들은 막대기로 거위들을 쉽게 쫓아 보냈다. 이제 스노볼은 두 번째 공격에 착수했다. 스노볼을 필두로 뮤리엘과 벤저민, 모든 양들이 앞으로 돌진해 나가 사방에서 인간들을 찌르고 들이받았다. 벤저민은 돌아서서 조그만 발굽으로 인간들을 후려쳤다. 하지만 막대기와 징 박힌 부츠로 무장한 인간들은 그들이 감당하기에는 너무 강한 적이었다. 스노볼이 꽥꽥 하고 울부짖으며 퇴각 신호를 내리자, 갑자기 모든 동물들은 뒤돌아서

문을 지나 마당 안으로 도망쳤다.

　인간들은 승리의 함성을 질렀다. 상상했던 대로 적들이 달아나는 모습을 보자 그들은 우왕좌왕 그 뒤를 쫓아갔다. 이것이 바로 스노볼이 바라던 바였다. 인간들이 마당 안까지 들어오자 외양간에서 잠복해 있던 말 세 마리와 젖소 세 마리, 나머지 돼지들이 갑자기 후방에서 등장해 그들을 고립시켰다. 이제 스노볼은 공격 명령을 내렸다. 그는 곧장 존스를 향해 돌격했다. 존스는 그가 달려오는 것을 보고 총을 들어 발사했다. 총알들은 스노볼의 등에 피로 얼룩진 줄무늬를 그리며 스쳐 지나갔고, 양 한 마리가 죽었다. 스노볼은 조금도 멈추지 않고 15스톤*이나 되는 거구로 존스의 다리에 달려들었다. 존스는 똥 더미에 처박혔고 그 바람에 총이 손에서 날아갔다. 하지만 가장 무시무시한 장관은 뒷다리로 서서 종마처럼 쇠 편자를 단 발굽을 휘두르는 복서였다. 첫 번째 일격은 폭스우드 농장의 마구간 청년 머리에 떨어졌고, 그는 진흙탕에 죽은 듯이 뻗어버렸다. 이 광경을 본 몇몇 일꾼들은 막대기를 버리고 달아나려 했다. 그들은 공포에 휩싸였고, 다음 순간 동물들 모두가 마당을 빙빙 돌며 인간들을 뒤쫓았다. 그들은 찔리고 채이고 물리고 짓밟혔다. 농장 동물들 중 자기 나름의 방식으로 보복을 가하지 않은 동물은 아무도 없었다. 고양이까지 갑자기 지붕에서

---

*체중을 나타낼 때 쓰이던 중량 단위. 1스톤은 약 6.35킬로그램이다.

소치기 일꾼의 어깨 위로 뛰어내려 목덜미에 발톱을 박아 넣었다. 일꾼은 끔찍한 비명을 내질렀다. 한순간 퇴로가 생기자 인간들은 기뻐하며 마당에서 뛰쳐나가 큰길로 내뺐다. 침입한 지 5분도 안 돼서 인간들은 왔던 길로 수치스럽게 후퇴했고, 거위 떼는 쉿쉿거리며 그 뒤를 쫓아가 인간들의 종아리를 쪼아댔다.

한 사람을 제외하고 모든 인간들이 도망갔다. 마당에서는 복서가 진흙 바닥에 고개를 처박고 있는 마구간 청년을 뒤집으려고 발굽으로 건드리고 있었다. 청년은 꼼짝도 하지 않았다.

"죽었어." 복서가 구슬프게 말했다. "죽일 생각은 없었다고. 편자를 하고 있다는 걸 깜박 잊은 거야. 내가 일부러 그런 게 아니라는 걸 누가 믿어줄까?"

"감상에 빠지지 마시오, 동지!" 스노볼이 외쳤다. 그의 상처에서는 아직도 피가 뚝뚝 흐르고 있었다. "전쟁은 전쟁이오. 착한 인간은 죽은 인간밖에 없어."

"생명을 빼앗고 싶지는 않아. 심지어 인간의 생명이라도." 복서는 눈물을 글썽이며 되풀이해서 말했다.

"몰리는 어디 있지?" 누군가 외쳤다.

정말로 몰리가 보이지 않았다. 잠시 동안 모두 깜짝 놀랐다. 인간들이 몰리에게 어떤 위해를 입혔거나 심지어 끌고 갔을지도 모른다고 걱정했다. 하지만 결국 몰리는 자기 축사에서 여물통의 건초 속에 머리를 박은 채 숨어 있다가 발견되었다. 몰리는 총이 발사되기 무섭게 줄행랑을 쳤던 것이다. 몰리를 찾고 돌아와 보니, 사실 잠시 기절했던 깃뿐인 마구간 청년은 이미 정신을 차려서 도망가고 없었다.

동물들은 엄청나게 흥분한 채 다시 모였고, 모두 자기가 전투에서 세운 공훈을 목이 터져라 늘어놓았다. 즉석에서 승리 축전이 거행되었다. 동물들은 깃발을 게양하고, 〈영국의 동물들〉을 몇 번이나 부른 다음, 목숨을 잃은 양의 장례를 엄숙하게 치렀다. 무덤에는 산사나무를 심었다. 스노볼이 무덤 옆에서 짤막한 연설을 했다. 필요한 경우 모든 동물들이 동물 농장을 위해 죽을 자세가 되어 있어야 한다는 것을 강조하는 연설이었다.

동물들은 무공훈장을 만들기로 만장일치로 결정했다. '일급 동물 영웅 훈장'이 그 자리에서 스노볼과 복서에게 수여되었다. 훈장은 놋쇠 메달(사실은 마구실에서 발견한 낡은 놋쇠 마구 장식이었다)로 만들었고, 일요일과 휴일에 달기로 했다. 또 '이급 동물 영웅 훈장'도 있었는데, 이는 죽은 양에게 추서되었다.

전투의 이름을 뭐라고 할지를 놓고 많은 논의가 오갔다. 결국 전투는 '외양간 전투'로 명명되었다. 복병들이 숨어 있다 뛰쳐나온 곳이 거기였기 때문이다. 존스 씨의 총은 진흙탕에서 발견되었고, 농가에 탄약통이 있었다. 총은 깃대 발치에 대포처럼 세워두었다가 1년에 두 번 쏘기로 했다. 한 번은 '외양간 전투' 기념일인 10월 12일에, 또 한 번은 반란 기념일인 하짓날에.

# 5장

겨울이 다가오면서 몰리는 점점 더 골칫거리가 되었다. 매일 아침 작업에 늦었고, 늦잠을 잤다며 변명을 늘어놓았고, 원인 불명의 각종 고통을 호소했다. 그래도 식욕은 왕성하기 그지없었다. 그러고는 온갖 핑계를 대고 일터에서 빠져나가 저수지에 가서 물에 비친 자기 모습을 맹하게 바라보며 서 있곤 했다. 하지만 더 심각한 소문도 돌았다. 어느 날 몰리가 꼬리를 살랑살랑 흔들고 건초를 씹으며 마당에서 즐겁게 어슬렁거리고 있을 때, 클로버가 옆에 와서 섰다.

"몰리, 중요한 이야기가 있어. 오늘 아침에 네가 동물 농장과 폭스우드를 가르는 산울타리 너머를 바라보고 있는 걸 봤어. 산울타리 건너편에는 필킹턴네 일꾼 한 사람이 서 있고. 그리고, 멀리 있긴 했지만 난 분명히 봤어. 그 사람은 너한테 말

을 하고 있었고 넌 _그_자가 코를 쓰다듬도록 내버려두고 있었
어. 이게 도대체 뭐야, 몰리?"

"그 사람은 안 그랬어요! 나도 아니고! 사실이 아니에요!"
몰리는 사방으로 날뛰고 땅바닥을 긁어대기 시작하며 외쳤다.

"몰리! 내 얼굴을 봐. 그 사람이 코를 쓰다듬지 않았다고 명
예를 걸고 말할 수 있어?"

"그건 사실이 아니에요!" 몰리는 되풀이해서 말했지만 클로
버를 똑바로 쳐다보지 못했다. 다음 순간 몰리는 휙 달아나 들
판으로 달려가버렸다.

문득 클로버의 머리에 어떤 생각이 떠올랐다. 클로버는 다
른 동물들에게 아무 말 하지 않고 몰리의 마구간으로 가서 발
굽으로 짚단을 파헤쳐보았다. 짚단 밑에서 조그만 각설탕과 색
색의 리본들이 몇 무더기 나왔다.

사흘 후 몰리는 사라졌다. 몇 주 동안 몰리가 어디 있는지
아무도 몰랐다. 그러다가 비둘기들이 윌링던 저쪽 끝에서 몰리
를 보았다는 소식을 전했다. 몰리는 빨간색과 검은색 칠을 한
멋진 이륜마차를 끌고 술집 앞에 서 있었다. 체크무늬 반바지
에 각반을 찬 뚱뚱하고 얼굴이 불그레한 남자가 몰리의 코를
쓰다듬며 설탕을 먹여주고 있었다. 술집 주인인 듯했다. 털
이 새로 깎여 있었고, 이마 갈기에는 진홍색 리본이 묶여 있었
다. 몰리는 즐거워 보였다고 비둘기들은 말했다. 동물들은 다
시는 몰리에 대해 이야기하지 않았다.

1월이 되자 날씨가 혹독하게 추워졌다. 땅은 쇠처럼 딱딱했고, 들판에서는 아무 일도 할 수 없었다. 큰 헛간에서는 회의가 자주 열렸고, 돼지들은 다가올 계절의 작업 계획을 짜느라 분주했다. 다른 동물들보다 월등히 똑똑한 돼지들이 농장 경영 문제를 모두 결정해야 한다는 의견에 다들 동의했다. 그 결정이 다수결의 비준을 받아야 하기는 하지만 말이다. 스노볼과 나폴레옹 간의 다툼만 없었더라면 이대로 모든 게 잘 돌아갔을 것이다. 이 둘은 이론의 여지가 있기만 하면 사사건건 의견을 달리하고 나섰다. 한쪽에서 보리밭 면적을 넓히자고 제안하면, 상대편에서는 어김없이 귀리밭을 넓히자고 주장했다. 한쪽에서 이런저런 밭은 양배추 농사에 안성맞춤이라고 하면, 상대편에서는 그 땅은 뿌리채소밖에 심을 수 없는 땅이라고 단언했다. 각각 추종자들이 있었고, 격론이 오갔다. 회의에서는 스노볼이 종종 유창한 연설로 다수의 마음을 사로잡았지만, 그 사이사이에는 나폴레옹이 더 능란하게 지지를 이끌어냈다. 그는 특히 양들을 잘 다루었다. 최근 양들은 시도 때도 없이 매매거리며 "네 발 좋아, 두 발 나빠"를 외치는 데 홀딱 빠져 있었고, 그러다가 종종 회의 진행을 방해하기도 했다. 특히 스노볼의 연설에서 결정적인 순간에 "네 발 좋아, 두 발 나빠"가 터져 나오는 일이 부지기수였다. 스노볼은 농가에서 찾은 잡지 《농부와 축산업자》의 과월호들을 가지고 면밀히 연구해서 많은 혁신안과 개선안들을 내놓았다. 그는 농수로, 건초 저장, 기본 광재에 박식했고, 모든 동물들이 직접 들판으로 가서 매일 다른 지점에 똥을 누면 운반하는 수고를 덜 수 있다는 복잡한 안도 고안했다. 나폴레옹은 스스로는 아무 기획도 내놓지 않았지만, 스노볼의 안들은 다 실패할 거라고 조용히 말했다. 그는 때를 기다리고 있는 것 같았다. 하지만 뭐니 뭐니 해도 최고 격렬했던 것은 풍차를 놓고 벌어졌던 논쟁이었다.

농장 건물들에서 그다지 멀지 않은 길쭉한 목초지에 작은 언덕이 있었다. 그곳이 농장에서 가장 높은 지점이었다. 땅을 검토한 끝에 스노볼은 여기가 풍차를 세우기에 최적의 장소라고 단언했다. 풍차가 있으면 발전기를 돌려서 농장에 전력을 공급할 수 있다는 것이다. 그러면 축사에 불을 밝히고, 겨울에는 난방을 하고, 둥근 톱이며 여물 절삭기, 사탕무 슬라이서와 전기 착유기(搾乳機)도 가동할 수 있다고 했다. 이런 기계 이야기는 전혀 들어본 적 없던 동물들은(동물 농장은 구식이어서 아주 원시적인 기계밖에 없었다) 깜짝 놀라며 경청했다. 스노볼은 자신들이 들판에서 느긋이 풀을 뜯거나 독서와 대화로 정신을 계발하는 동안 대신 일해줄 환상적인 기계의 모습을 그려 보였다.

몇 주 후 스노볼의 풍차 계획이 완전히 구상화되었다. 기계적 세부 사항들은 대개 존스 씨의 책 세 권, 《집에다 할 수 있는 1천 가지 유용한 일들》, 《인간은 모두 벽돌공》, 《초보용 전기 입문서》에서 가져왔다. 스노볼은 부화실로 쓰던 헛간을 연구실로 썼다. 나무 바닥이 반들반들해서 그림 그리기에 적합했다. 그는 한번 들어가면 몇 시간이고 거기 틀어박혀 있었다. 그는 책을 펼쳐 돌로 눌러둔 다음, 분필 조각을 앞발 마디 사이에 끼고 줄줄이 선을 그으며, 흥분해서 조그만 소리로 낑낑거리고 이리저리 획획 움직였다. 설계도는 점차 크랭크와 톱니바퀴로 이루어진 복잡한 덩어리로 변하며 바닥을 반 이상 뒤덮었다. 다른 동물들은 전혀 이해하지는 못했지만 대단히 감탄했다. 모두들 적어도 하루에 한 번은 스노볼의 설계도를 구경하러 왔다. 암탉들과 오리들까지 와서, 분필로 그린 선을 밟지 않으려고 애썼다. 나폴레옹만 초연했다. 그는 처음부터 풍차에 분명히 반대 의사를 표명했다. 하지만 어느 날 그가 난데없이 설계도를 살펴보러 왔다. 그는 헛간 안을 쿵쿵 걸어 다니며 설계도의 세부를 하나하나 면밀히 살폈고, 한두 차례 코웃음을 쳤다. 그러고는 잠시 멈춰 서서 곁눈질로 유심히 바라보다가 갑자기 다리를 들고 설계도에 오줌을 싸더니, 한마디 말도 없이 나가버렸다.

풍차 문제로 농장 전체가 분열되었다. 스노볼은 풍차를 만드는 작업이 힘들다는 사실을 부정하지 않았다. 돌을 캐내서 벽을 세운 다음 날개를 만들어야 했고, 그다음에는 발전기와 전선이 필요할 것이다. (이것들을 조달할 방법에 대해서, 스노볼은 아무 말도 하지 않았다.) 하지만 그는 1년이면 모든 작업을 끝낼 수 있다고 주장했다. 그러면 그 후에는 노동량이 대폭 절감되어서 동물들은 일주일에 사흘만 일하면 된다는 것이다.

빈면 나폴레옹은 지금 가장 필요한 일은 식량 증산이며, 풍차에 시간을 낭비하면 모두 굶어 죽을 거라고 주장했다. 동물들은 '스노볼과 주 사흘 일하기에 투표하자'와 '나폴레옹과 꽉 찬여물통에 투표하자'의 기치 아래 두 파로 갈라졌다. 어느 편도들지 않은 동물은 벤저민이 유일했다. 그는 먹이가 더 많아진다는 말도, 풍차가 일을 덜어준다는 말도 믿지 않았다. 풍차가있든 없든, 삶은 예전과 다를 바 없이—즉 안 좋게—계속될 거라는 것이 그의 말이었다.

풍차 논쟁과 별개로 농장 방어 문제도 있었다. 외양간 전투에서는 패배했지만 농장을 탈환해서 존스를 복위시키려는 인간들의 결연한 시도가 또 있을 게 뻔했다. 패배 소식이 시골 방방곡곡에까지 퍼져서 주변 농장 동물들이 전에 없이 다루기 힘들어졌으니 인간들로선 그럴 이유가 충분했다. 늘 그렇듯이 이 문제에 있어서도 스노볼과 나폴레옹은 의견이 달랐다. 나폴레옹에 따르면, 동물들이 해야 할 일은 총기를 구해서 사용법을 훈련받는 것이었다. 스노볼은 더 많은 비둘기 떼를 보내 다른 농장 동물들이 반란을 일으키도록 선동해야 한다고 했다. 나폴레옹은 스스로 방어하지 않으면 정복당할 거라고 주장했고, 스노볼은 사방에서 반란이 일어나면 방어할 필요가 없을 거라고 했다. 동물들은 처음에는 나폴레옹의 말에, 다음에는 스노볼의 말에 귀를 기울였고, 어느 쪽이 옳은지 결정할 수가 없었다. 사실그들은 항상 그때그때 말하고 있는 쪽 의견에 맞장구를 쳤다.

드디어 스노볼의 설계도가 완성되었다. 다음 일요일 회의 때 풍차 건설을 시작할 것인지 말 것인지 여부가 투표에 부쳐지게 되었다. 동물들이 큰 헛간에 모이자 스노볼이 일어났다. 양들의 울음소리에 간간히 방해받기는 했지만, 그는 풍차 건설을 주장하는 이유를 설명했다. 다음에는 나폴레옹이 일어나서 응답했다. 그는 풍차는 헛소리이며 아무도 찬성표를 던져서는 안 된다고 굉장히 조용히 말하더니, 곧 다시 자리에 앉았다. 그는 채 30초도 발언하지 않았고, 자신이 만든 결과에 거의 관심이 없어 보였다. 이에 스노볼이 벌떡 일어나 다시 울어대기 시작하는 양들을 고함을 질러 제압한 다음, 열정적으로 풍차를 옹호하기 시작했다. 지금까지 동물들의 마음은 양쪽으로 거의 똑같이 나뉘어져 있었지만, 스노볼의 웅변이 순식간에 그들을 휩쓸어 몰고 갔다. 그는 동물들의 등에서 지저분한 노동의 짐이 사라진 동물 농장의 청사진을 화려한 언변으로 그려 보였다. 이제 그의 상상은 여물 절삭기와 사탕무 슬라이서를 훨씬 넘어서 있었다. 그는 전기로 탈곡기, 쟁기, 써레, 땅 고르는 기계, 수확기, 바인더를 움직일 수 있다고 말했다. 그뿐만 아니라 모든 축사에 전등과 냉온수, 전기난로도 공급할 수 있다고 했다. 그가 연설을 마칠 즈음 투표 결과가 어느 쪽으로 갈지는 불 보듯 뻔했다. 하지만 바로 그 순간 나폴레옹이 일어나 스노볼을 괴상하게 흘겨보더니 누구도 들어본 적 없는 높은 소리로 낑낑거렸다.

그러자 마깥에서 무시무시한 개 짖는 소리가 들리너니, 놋쇠 징이 박힌 목걸이를 한 거대한 개 아홉 마리가 헛간으로 달려 들어왔다. 개들은 곧장 스노볼을 향해 돌진했고, 그는 아슬아슬하게 그 자리에서 도망침으로써 개들의 딱 벌린 입을 피했다. 순식간에 그는 문밖으로 나갔고, 그 뒤를 개 떼가 쫓았다. 동물들은 너무 놀라고 공포에 질려 말도 못 한 채 앞다투어 문을 빠져나가 추격 광경을 바라보았다. 스노볼은 길로 이어지는 길쭉한 목초지를 가로질러 뛰고 있었다. 돼지로서는 할 수 있는 만큼 최선을 다해 달리고 있었지만, 개 떼는 꽁무니까지 바싹 따라붙었다. 갑자기 스노볼이 미끄러지는 바람에 잡힌 상황이 되었다. 하지만 그는 다시 벌떡 일어나 미친 듯이 더 빨리 달렸고 개 떼도 다시 거리를 좁혀 들어갔다. 한 녀석이 거의 스노볼의 꼬리를 덥석 물 뻔했지만, 스노볼은 적시에 꼬리를 흔들어 이를 피했다. 스노볼은 박차를 더 가해 개들과의 간격을 얼마간 더 벌린 다음 산울타리에 난 구멍으로 빠져나갔다. 그러고는 더 이상 보이지 않았다.

동물들은 공포에 질려 침묵한 채 다시 헛간으로 살금살금 들어왔다. 곧 개 떼가 돌아왔다. 처음에는 아무도 개들이 어디서 왔는지 상상하지 못했지만, 문제는 곧 풀렸다. 녀석들은 나폴레옹이 어미들에게서 빼앗아 비밀리에 키운 강아지들이었다. 아직 다 자라진 않았지만, 덩치가 커다랗고 인상이 늑대처럼 사나웠다. 개들은 나폴레옹 옆에 딱 붙어 있었다. 녀석들은 다른 개들이 전에 존스 씨에게 살랑대며 꼬리를 흔들었던 것처럼 나폴레옹에게 꼬리를 흔들어댔다.

나폴레옹이 개들을 거느리고, 전에 메이저가 연설했던 약간 높이 솟은 바닥 위로 올라갔다. 그는 이제부터 일요일 아침 회의는 없을 거라고 공표했다. 회의는 불필요하고 시간 낭비에 불과하다는 것이다. 앞으로 농장 운영과 관련된 모든 문제들은 그가 주재하고 돼지들로 구성되는 특별위원회에서 결정할 것이다. 위원회는 비공식적으로 열릴 것이며, 결정 사항은 나중에 동물들에게 알려줄 것이다. 동물들은 여전히 일요일 아침에 모여서 깃발에 경례를 하고, 〈영국의 동물들〉을 부르고, 그 주의 지시 사항들을 전달받겠지만, 토론은 더 이상 없을 것이다.

스노볼이 축출당하는 꼴을 보고 이미 충격을 받았음에도, 동물들은 이 발표에 당황했다. 적당한 반박거리를 생각해낼 수만 있었다면, 몇몇은 항의했을 것이다. 심지어 복서마저도 왠지 마음이 편치 않았다. 그는 귀를 뒤로 눕히고 이마 갈기를 몇 차례 흔들며 생각을 정리해보려 애썼지만, 결국 어떤 말도 생각해낼 수가 없었다. 하지만 몇몇 돼지들은 더 정연하게 생각을 표현했다. 앞줄에 앉아 있던 젊은 돼지 네 마리가 불만에 차서 날카로운 소리로 꽥꽥거리더니, 넷 다 벌떡 일어나서 한꺼번에 떠들어대기 시작했다. 하지만 나폴레옹을 에워싸고 앉아 있던 개들이 나지막이 위협적으로 으르렁대자, 돼지들은 입을 딱 닫고 다시 자리에 앉았다. 그 순간 양들이 어마어마하게 큰 소리로 매애거리며 "네 발 좋아, 두 발 나빠!"를 외치기 시작했다. 외침은 거의 15분간이나 계속되었고, 그렇게 토론의 여지는 막혀버렸다.

나중에 스퀼러가 농장을 돌아다니며 동물들에게 새로운 상황을 설명했다.

"동지들, 나는 이곳의 동물들 모두가 이 일을 추가로 떠맡은 나폴레옹 동지의 희생을 높이 평가하고 있을 거라고 믿어요. 동지들, 지도자 노릇이 즐거울 거라 생각지 마세요. 오히려 그건 깊고 무거운 책임을 지는 겁니다. 모든 동물들은 평등하다는 말을 나폴레옹 동지만큼 굳게 믿는 동물은 아무도 없을 거예요. 여러분이 스스로 결정하도록 하면 동지도 기쁘기 한량없겠죠. 하지만 때로 여러분이 잘못된 결정을 내릴 수도 있는데, 그러면 우리는 어떻게 되겠어요, 동지들? 여러분이 풍차니 뭐니 하는 헛소리를 하는 스노볼을 따르기로 결정했다고 생각해보세요. 스노볼은 이제 다들 알다시피 범죄자나 다름없잖아요?"

"스노볼은 외양간 전투에서 용감하게 싸웠는데." 누군가 말했다.

"용맹이 다가 아니에요." 스퀼러가 말했다. "충성과 복종이 더 중요하다고요. 그리고 외양간 전투에 대해서라면, 스노볼의 역할이 과대평가되었다는 사실을 알게 되는 날이 오리라 믿습니다. 기강이에요, 동지들! 강철 같은 기강! 이게 바로 오늘의

54

표어예요. 한 걸음만 삐끗해도 적들이 몰려올 겁니다. 설마 존스가 돌아오기를 원하는 건 아니겠죠, 동지들?"

이 또한 반박의 여지가 없는 말이었다. 물론 동물들은 존스가 돌아오는 걸 원하지 않았다. 만약 일요일 아침 토론회를 계속하는 것이 존스를 돌아오게 할 수도 있다면, 토론회는 그만둬야 했다. 이제 생각을 마친 복서가 모두의 감정을 말로 표현했다. "나폴레옹 동지가 그렇게 말하면, 그게 옳겠지." 그때부터 그는 '내가 더 열심히 일하겠다'라는 개인적인 좌우명에다가 '나폴레옹은 언제나 옳다'라는 금언을 덧붙였다.

이때쯤 날씨가 풀렸고, 봄 농사가 시작되었다. 스노볼이 풍차 설계도를 그렸던 헛간은 폐쇄되었고, 바닥의 설계도는 지워졌을 거라 생각했다. 매주 일요일 아침 10시면 동물들은 큰 헛간에 모여 다음 주 지시 사항을 전달받았다. 그들은 뼈만 남은 메이저 영감의 두개골을 과수원에서 파내 깃대 아래 있는 그루터기 위에 총과 나란히 놓았다. 깃발을 게양한 후, 동물들은 경건한 태도로 두개골 앞을 줄지어 지나 헛간에 들어가야 했다. 요즘 그들은 전처럼 다 함께 앉지 않았다. 나폴레옹은 스퀼러, 그리고 노래와 시를 짓는 데 대단한 재능이 있는 미니무스라는 돼지와 함께 연단 앞자리에 앉았고, 아홉 마리 개들이 그들을 반원 모양으로 둘러쌌다. 그 뒤에는 다른 돼지들이 앉았다. 나머지 동물들은 그들을 마주 보고 헛간 중앙에 앉았다. 나폴레옹이 군인처럼 무뚝뚝한 말투로 그 주의 지시 사항을 읽고, 〈영국의 동물들〉을 한 번 부르고 나면, 동물들은 해산했다.

스노볼이 축출된 지 3주째 되던 일요일, 나폴레옹이 결국 풍차를 세울 거라고 발표하자 동물들은 어리둥절했다. 나폴레옹은 생각을 바꾼 이유를 말하지 않았고, 이 추가 작업은 아주 힘든 일이 될 거라는 경고만 했다. 심지어 식량 배급을 줄여야 할지도 모른다. 하지만 설계도는 마지막 세부 사항에 이르기까지 모든 준비가 끝났다. 돼지 특별위원회가 지난 3주 동안 이 작업에 매달렸다. 풍차를 건설하고 다른 여러 가지 개량 작업들을 하는 데는 2년 정도가 소요될 것이다.

그날 저녁 스퀼러는 몰래 다른 동물들에게 사실 나폴레옹은 풍차에 반대했던 게 아니라고 설명했다. 오히려 애초에 그 계획을 옹호했던 건 나폴레옹이었고, 스노볼이 부화실 헛간 바닥에 그린 설계도는 사실 나폴레옹의 서류에서 훔쳐 간 것이라고 했다. 사실 그 풍차는 나폴레옹이 고안한 것이었다. 그렇다면 왜 그렇게 강하게 반대했느냐고 누군가 물었다. 그러자 스퀼러는 굉장히 교활한 표정을 지었다. 그게 바로 나폴레옹 동지의 교묘한 술수라는 것이다. 위험한 데다가 악영향을 미치는 스노볼을 제거하기 위해 작전상 풍차에 반대한 '척'한 것이다. 이제 스노볼이 없으니, 그의 방해 공작 없이 계획을 추진할 수 있을 것이다. 그런 걸 전략이라고 부른다고 스퀼러는 말했다. 그는 몇 번이나 "전략이에요, 동지들, 전략!"이라고 반복하면서 폴짝폴짝 뛰고 꼬리를 흔들며 즐겁게 웃어댔다. 동물들은 그 말이 무슨 뜻인지 몰랐지만, 스퀼러가 워낙 설득력 있게 말했고 그 옆에 있던 개 세 마리가 너무나 무섭게 으르렁댔기 때문에 더 이상 아무 질문도 하지 않고 그 설명을 받아들였다.

# 6장

그해 내내 동물들은 노예처럼 일했다. 하지만 일을 해도 행복했다. 어떤 노고나 희생에도 불평하지 않았다. 자신이 하는 모든 일이 게으름 피우며 도둑질이나 하는 인간들이 아니라 자기 자신과 후대에 올 자손을 위한 것임을 잘 알고 있었기 때문이다.

동물들은 봄여름 내내 일주일에 60시간씩 일했다. 8월이 되자, 나폴레옹은 일요일 오후에도 일이 있다고 발표했다. 전적으로 자발적 지원에 의해 하는 일이지만, 참가하지 않는 동물들은 식량 배급이 절반으로 줄어들 것이었다. 그런데도 몇몇 작업은 끝내지 못하고 내버려둘 수밖에 없었다. 작년보다 수확량이 조금 줄어들었고, 밭 두 군데는 초여름에 뿌리채소류를 심어야 하는데 제시간까지 다 갈지 못하는 바람에 씨를 뿌리지도 못했다. 다가오는 겨울은 힘든 시기가 될 게 뻔했다.

풍차 건설은 예상치 못한 난관들에 부딪혔다. 농장에는 질 좋은 석회석 채석장이 있었고 헛간 한 군데에서 충분한 모래와 시멘트를 발견했기 때문에, 공사 재료는 다 구비되어 있었다. 하지만 처음에 동물들은 어떻게 하면 돌을 적당한 크기로 쪼갤 수 있는지 해결 방법을 찾지 못했다. 곡괭이와 쇠지레를 사용하지 않고서는 할 수 없는 일 같았지만, 동물들은 뒷다리로 설 수가 없으니 그 도구들은 무용지물이었다. 몇 주 동안 헛수고만 하다가 누군가가 멋진 아이디어를 냈다. 중력을 이용하자는 것이다. 채석장에는 그대로 쓰기에는 너무 큰 돌들이 바닥에 널려 있었다. 돌을 밧줄로 묶고는, 젖소, 말, 양 등 밧줄을 잡을 수 있는 동물들은 몽땅 다―결정적 순간에는 때로 돼지들까지도 동참했다―달려들어 채석장 꼭대기까지 비탈길을 있는 힘을 다해 꾸역꾸역 끌고 올라간 다음, 언덕 가장자리에서 떨어뜨려 아래에서 박살을 냈다. 일단 깨기만 하면 돌을 옮기는 작업은 상대적으로 쉬웠다. 말들은 수레에 실어 끌고 갔고, 양들은 돌덩이를 하나씩 질질 끌어 옮겼다. 뮤리엘과 벤저민까지 이륜 경마차를 끌며 제 몫을 했다. 늦여름 즈음이 되자, 충분한 양의 돌이 쌓였고 돼지들의 감독하에 공사가 시작되었다.

하지만 공사 과정은 더디고 고되었다. 큰 돌덩어리 하나를 채석장 꼭대기까지 끌고 가는 데만 하루 종일 녹초가 되도록 일해야 하는 때도 많았다. 또 아래로 떨어뜨려도 깨지지 않는 경우도 있었다. 복서가 없었다면 아무것도 하지 못했을 것이

나. 그는 나머지 동물들의 힘을 다 합친 만큼이나 힘이 세 보였다. 돌덩어리가 언덕에서 미끄러지기 시작하면서 따라 끌려 내려가는 동물들이 절망적인 고함을 질러대면, 늘 복서가 밧줄을 있는 힘껏 당겨 돌덩어리를 멈춰 세웠다. 옆구리가 땀범벅이 된 채 가쁜 숨을 몰아쉬고 발굽 끝으로 땅을 움켜쥐듯 후벼 파며 힘겹게 비탈을 올라가는 그의 모습을 보면 모두가 감탄을 금치 못했다. 클로버는 과로하지 말고 조심하라고 때로 경고했지만, 복서는 듣지 않았다. '내가 더 열심히 일하겠어'와 '나폴레옹은 언제나 옳다'라는 두 개의 구호가 그에게는 모든 문제의 해답으로 충분한 듯했다. 그는 수평아리에게 30분이 아니라 45분 먼저 깨워달라고 했다. 요즘은 남는 시간도 별로 없었지만, 그래도 짬이 나면 그는 홀로 채석장에 가서 깨진 돌멩이들을 한 무더기 모아서는 혼자서 풍차 공사장으로 끌고 갔다.

그해 여름 내내, 동물들은 일이 고되긴 해도 궁핍하지는 않았다. 존스 시절보다 더 많이 먹지는 못했다 해도, 적어도 덜 먹지는 않았다. 낭비벽 심한 인간 다섯을 부양할 필요 없이 자신들만 먹여 살리면 된다는 게 어찌나 좋은지, 그것만으로도 다른 여러 가지 부족들을 상쇄하고도 남았다. 또 동물들이 일하는 방식이 여러모로 더 효율적이고 노동도 덜어줬다. 예를 들어, 김매기 같은 작업은 인간은 절대 불가능할 정도로 완벽하게 해낼 수 있었다. 또한 이제는 어떤 동물도 음식을 훔치지 않았기 때문에 경작지와 목초지 사이에 울타리를 칠 필요도 없었고, 덕분에 산울타리와 문을 유지하는 데 드는 수고를 많이 덜 수 있었다. 그럼에도 여름이 깊어가면서 예상치 못한 여러 물자들이 부족해지기 시작했다. 등유, 못, 끈, 개 비스킷, 말편자용 쇠가 필요했지만, 농장에서는 만들 수 없는 물품이었다. 나중에는 이런저런 연장들 외에도 종자와 인공 비료가 필요해질 테고, 결국에는 풍차에 들어갈 기계들도 있어야 했다. 이런 물품들을 어떻게 조달해야 할지 아무도 생각하지 못했다.

어느 일요일 아침 동물들이 지시를 받으러 모였을 때, 나폴레옹이 새로운 정책을 결정했다고 발표했다. 이제부터 동물 농장은 이웃 농장들과 거래를 할 것이다. 물론 상업적 목적이 아니라 단지 당장 필요한 물자들을 얻기 위해서다. 풍차 공사에 필요한 것들이 다른 무엇보다 우선이라고 그는 말했다. 그래서 건초 더미와 올해 수확한 밀 중 일부를 팔기로 했으며, 나중에 돈이 더 필요하면 계란을 팔아서 보충해야 할 거라고 했다. 윌링던에는 항상 계란 시장이 있으니까. 암탉들은 이를 풍차 건설을 위한 특별 공헌으로 생각하고 이러한 희생을 기꺼이 감수해야 할 것이라고 나폴레옹은 말했다.

또다시 동물들은 왠지 모르게 마음이 불편했다. 인간과 거래를 해서는 안 된다, 장사를 해서는 안 된다, 돈을 사용해서는 안 된다. 이는 존스를 쫓아내고 나서 처음 연 전승 회의에서 통과된 결의안들 아니던가? 동물들은 그런 결의안을 통과시켰던 일을 기억했다, 아니 적어도 기억한다고 생각했다. 나폴레옹이 회의를 폐지했을 때 항의했던 젊은 돼지 넷이 소심하게 목소리를 높이려다가 개들이 커다란 소리로 으르렁대자 얼른 입을 다물었다. 이때 평소처럼 양 떼가 "네 발 좋아, 두 발 나빠!" 하고 외쳐대기 시작하는 바람에 잠시 맴돌던 거북한 분위기는 사라졌다. 마침내 나폴레옹은 앞발을 들어 조용히 시킨 후 이미 채비는 다 끝났다고 통고했다. 동물들이 인간과 접촉하는 것은 절대 바람직하지 않은 일이니 누구도 그럴 필요가 없다고 했다. 모든 짐은 자신이 다 떠맡겠다는 것이다. 윌링던에 사는 변호사인 휨퍼 씨라는 사람이 동물 농장과 바깥세상을 중개하는 역할을 하기로 했으며, 자신의 지시를 받으러 월요일 아침마다 농장에 올 거라고 했다. 나폴레옹은 평소대로 "동물 농장이여, 영원하라!"라고 외치면서 연설을 마쳤고, 동물들은 〈영국의 동물들〉을 부른 후 해산했다.

나중에 스퀼러가 농장을 한 바퀴 돌면서 동물들의 마음을 풀어줬다. 그는 장사를 하거나 돈을 사용해서는 안 된다는 합의 사항이 통과된 적도 없으며, 그런 제안이 나온 일조차 없다고 강조했다. 그건 순전히 상상일 뿐이며, 아마 거슬러 올라가 보면 그 시작은 스노볼이 퍼뜨린 거짓말일 거라고 했다. 몇몇 동물들은 아직도 살짝 미심쩍어했지만 스퀼러는 교활하게 물었다. "그게 꿈이 아니라는 게 확실해요, 동지들? 그런 합의를 했다는 기록이 있나요? 어디 적혀 있기라도 해요?" 그런 기록은 분명 어디에도 존재하지 않으니, 동물들은 자기들이 착각했나 보다고 납득했다.

약속한 대로 월요일마다 휨퍼 씨가 농장을 방문했다. 그는 구레나룻을 기른 교활한 얼굴에 체구가 작은 사내였다. 사무실은 코딱지만 했지만, 눈치가 빨라서 동물 농장에는 중개인이 필요할 테고 그 수수료는 챙길 가치가 있다고 누구보다 먼저 파악했다. 동물들은 그가 오가는 모습을 두렵게 지켜보며 가능한 한 그를 피했다. 그래도 네 발로 선 나폴레옹이 두 다리로 선 휨퍼에게 지시를 내리는 모습을 보면 뿌듯해져서 새 정책과 어느 정도 화해할 마음이 들기도 했다. 인간과의 관계는 전과 같지 않았다. 농장이 번성한다고 해서 인간들이 이제 동물 농장을 덜 미워하는 건 아니었다. 사실 그 어느 때보다도 증오했다. 인간들은 모두 동물 농장이 곧 파산할 거라고, 무엇보다 풍차 건설이 실패할 거라고 굳게 믿었다. 그들은 술집에서 만나 그림을 그려가며 풍차는 무너지게 되어 있다고 장담했다. 혹여 풍차가 완성된다 해도 작동될 리가 없다고 말했다. 하지만 자기도 모르게 그들은 이미 동물들의 효율적인 일처리에 감탄하고 있었다. 이를 보여주는 한 증후는 동물 농장 이름을 제대로 부르기 시작했다는 것이다. 더 이상 여기가 전에는 매너 농장이었는데 운운하지도 않았다. 또한 그들은 존스 편을 들지도 않았다. 존스는 농장을 되찾을 희망을 버리고 다른 곳으로 이사했다. 휨퍼를 통해서가 아니면 아직 동물 농장과 바깥세상은 아무런 접촉도 없었지만, 나폴레옹이 폭스우드의 필킹턴 씨나 핀치필드의 프레더릭 씨와 거래를 시작할 거라는—하지만 둘과 동시에 하지는 않을 거라는—소문이 끝없이 돌았다.

　돼지들이 갑자기 농가로 들어가 그곳을 거처로 삼은 것도 바로 이 무렵이었다. 이번에도 동물들은 예전에 그래서는 안 된다는 합의를 했던 기억이 나는 것 같았지만, 이번에도 스퀄러가 그렇지 않다고 납득시켰다. 농장의 두뇌인 돼지들에게는 조용히 일할 곳이 절대적으로 필요하다고 그는 말했다. 돼지우리보다는 집에서 사는 게 지도자(최근 그는 나폴레옹을 ‘지도자’라는 이름으로 부르기 시작했다)의 품위에도 더 걸맞다는 것이다. 그래도 돼지들이 부엌에서 식사를 하고 거실을 오락실로 사용할 뿐 아니라 침대에서 잔다는 말을 듣자 몇몇 동물들은 마음이 편치 않았다. 복서는 언제나 그렇듯이 ‘나폴레옹은 언제나 옳다!’로 이를 넘겨버렸지만, 분명히 침대 금지 조항이 있었다고 기억하는 클로버는 헛간 끝에 가서 거기 쓰인 칠계명을 읽어보려 애썼다. 결국 글자 하나하나밖에 읽을 수 없자, 클로버는 뮤리엘을 데려왔다.

　클로버가 말했다. “뮤리엘, 네 번째 계명 좀 읽어줘. 침대에서 자면 안 된다는 말 아니야?”

　뮤리엘은 힘겹게 또박또박 읽었다.

　“어떤 동물도 ‘침대보가 깔린’ 침대에서 자서는 안 된다, 이렇게 적혀 있는데.” 마침내 뮤리엘이 말했다.

　이상하게도 클로버는 네 번째 계명에 침대보 이야기가 있었다는 기억이 없었다. 하지만 벽에 그렇게 쓰여 있으니, 그랬었던 게 틀림없다. 마침 그 순간 두세 마리 개들의 호위를 받으며 지나던 스퀄러가 이 모든 일을 제대로 된 관점에서 설명해줬다.

"동지들, 우리 돼지들이 농가의 침대에서 잔다는 이야기를 들었나 보네요. 그러면 안 됩니까? '침대'를 금지하는 조항이 있었다고 생각하는 건 아니겠죠? 침대는 잠자리를 뜻할 뿐이에요. 외양간에 깐 짚도 엄밀히 말하면 침대잖아요. 그건 인간의 고안품인 '침대보'를 금지하는 조항이었어요. 우리는 농가 침대에서 침대보를 걷고 담요를 깔고 덮고 잡니다. 그래도 아주 편해요! 하지만 필요 이상으로 편한 건 아니에요. 말씀드리지만, 요즘 우리가 해야 하는 온갖 두뇌 작업을 생각한다면 말이죠. 우리의 휴식을 빼앗지는 않겠지요, 동지들? 우리가 너무 지쳐서 의무를 다하지 못하기를 바라지는 않겠지요? 설마 존스가 돌아오기를 바라지는 않겠지요?"

동물들은 당장 잘 알았다며 그를 안심시켰고, 돼지들이 농가 침대에서 자는 문제에 대해서는 더 이상 아무 말도 하지 않았다. 며칠 후 이제부터 돼지들은 다른 동물보다 한 시간 늦게 일어난다는 발표가 나왔지만, 이 일에 대해서도 누구도 불평하지 않았다.

가을이 오자 동물들은 지쳤지만 행복했다. 그들은 힘든 1년을 보냈고, 건초와 곡식 일부를 팔고 나니 겨울을 보낼 식량이 충분하지는 않았지만, 풍차가 모든 것을 벌충해주었다. 풍차는 이제 반 정도 지어졌다. 추수 후 맑고 선소한 날씨가 계속되자, 동물들은 어느 때보다도 열심히 일했다. 벽을 1피트 더 올릴 수 있다면 종일 돌덩어리들을 지고 왔다 갔다 할 가치가 있는 것 같았다. 복서는 밤에도 나와 가을 달빛 아래서 혼자 한두 시간 정도 일했다. 짬이 나면 동물들은 반쯤 완성된 풍차 주위를 돌면서 똑바르게 올라간 단단한 벽을 경탄하며 바라보았고, 이렇게 대단한 것을 자신들이 만들 수 있었다는 데 감탄했다. 벤저민 영감만 풍차에 열광하지 않았다. 그저 평소와 다름없이 나귀는 오래 산다는 알쏭달쏭한 말만 내뱉을 뿐이었다.

11월이 되면서 매서운 남서풍이 불었다. 비가 너무 자주 오자 시멘트를 섞을 수가 없어 공사를 중단할 수밖에 없었다. 그러던 어느 날 밤 결국 돌풍이 심하게 불어 농장 건물들이 토대부터 흔들렸고 헛간 지붕의 기와도 몇 장 날아갔다. 암탉들은 모두 멀리서 총소리가 나는 꿈을 동시에 꾸고는 잠에서 깨어나 공포에 질린 소리로 꽥꽥거렸다. 아침에 동물들이 우리 밖으로 나와 보니 깃대가 바람에 날려 넘어지고 과수원 아래쪽에 있던 느릅나무가 무처럼 통째로 뽑혀 있었다. 이런 모습들을 막 보던 참에 모든 동물들의 목구멍에서 절망에 찬 비명이 터져 나왔다. 무시무시한 광경이 그들의 눈에 들어왔다. 풍차가 무너져 있었다.

그들은 하나같이 공사장으로 달려갔다. 좀처럼 뛰지 않는 나폴레옹까지도 앞장서서 뛰어갔다. 그랬다, 모든 고된 노력의 결실이 완전히 무너져 있었다. 그들이 깨서 힘들게 날랐던 돌들이 사방에 흩어져 있었다. 처음에는 다들 말도 못 하고 무너져 나뒹구는 돌덩어리들만 슬프게 바라보았다. 나폴레옹은 말없이 왔다 갔다 하며 가끔 코를 땅에 대고 킁킁거렸다. 꼬리가 빳빳해지더니 이쪽저쪽으로 휙휙 움직였다. 두뇌가 맹렬하게 돌아가고 있다는 표시였다. 갑자기 그는 마음을 정한 듯 동작을 멈추었다.

"동지들." 나폴레옹이 조용히 말했다. "누가 이런 짓을 저질렀는지 압니까? 밤에 와서 우리의 풍차를 파괴한 원수가 누군지 압니까? 바로 스노볼입니다!" 갑자기 그가 천둥처럼 고함을 질렀다. "스노볼이 이런 짓을 저질렀습니다! 우리 계획을 망쳐서 수치스러운 추방에 대한 복수를 하려고 앙심을 단단히 품은 이 배신자가 야음을 틈타 들어와서 우리가 1년 가까이 해 놓은 일을 망친 겁니다. 동지들, 나는 이 자리에서 스노볼에게 사형을 언도하겠습니다. 그를 처단하는 동물에게는 '이급 동물 영웅 훈장'과 사과 반 부셸이 포상으로 주어질 겁니다. 그를 생포한 동물에게는 사과 1부셸을 주겠습니다!"

동물들은 심지어 스노볼이 그런 짓을 저지를 수 있다는 사실에 망연자실했다. 분노의 외침이 터져 나왔고, 모두들 스노볼이 혹시나 돌아오면 어떻게 잡을지 방법을 궁리하기 시작했다. 거의 즉시 언덕과 가까운 풀밭에서 돼지 발자국이 발견되었다. 발자국은 몇 야드 정도밖에 나 있지 않았지만 산울타리에 난 구멍으로 이어져 있는 것 같았다. 나폴레옹은 발자국에 코를 박고 킁킁대며 냄새를 맡더니 스노볼의 발자국이라고 선언했다. 그는 스노볼이 폭스우드 농장 쪽에서 왔을 거라는 의견을 제시했다.

"더 이상 미루지 맙시다, 동지들!" 발자국을 조사한 후 나폴레옹이 외쳤다. "해야 할 일이 있지 않습니까? 오늘 아침부터 풍차를 다시 짓기 시작하는 겁니다. 비가 오나 해가 뜨나 겨울 내내 일합시다. 이 파렴치한 배신자에게 우리 일을 그렇게 쉽게 망칠 수는 없다는 사실을 똑똑히 가르쳐줍시다. 동지들, 우리 계획에 변경이란 없다는 걸 기억하십시오. 마지막 그날까지 일은 그대로 진행될 겁니다. 전진합시다, 동지들! 풍차여, 영원하라! 동물 농장이여, 영원하라!"

# 7장

혹독한 겨울이었다. 폭풍우에 이어 진눈깨비와 눈이 내렸고, 그 후에는 서리가 단단히 얼어서 2월까지도 녹지 않았다. 동물들은 있는 힘껏 최선을 다해 풍차를 다시 지었다. 바깥세상이 자신들을 지켜본다는 것을 잘 알고 있었다. 풍차가 제때 완성되지 않으면 시기하던 인간들은 환호하며 의기양양해할 것이다.

악의에 찬 인간들은 풍차를 망가뜨린 게 스노볼이라는 걸 안 믿는 척했다. 풍차가 무너진 것은 벽이 너무 얇았기 때문이라는 것이다. 동물들은 그렇지 않다는 것을 알고 있었다. 하지만 이번에는 전처럼 18인치가 아니라 3피트* 두께로 벽을 만

*미터법으로 환산하면 18인치는 약 45센티미터, 3피트는 약 90센티미터가 된다.

들기로 결정했다. 즉 돌을 훨씬 더 많이 모아야 했다. 오랫동안 채석장에 눈 더미가 쌓여 있어서 아무 일도 할 수 없었다. 눈이 오지 않는 혹한의 날씨가 이어지자 약간의 진척이 있었지만, 일이 지독하게 고됐고 동물들은 전처럼 희망을 갖지 못했다. 늘 추웠고 대개 배까지 고팠다. 복서와 클로버만이 용기를 잃지 않았다. 스퀼러가 봉사의 기쁨과 노동의 긍지에 대해 멋진 연설을 했지만, 동물들은 복서의 힘과 "내가 더 열심히 하겠어!"라는 한결같은 외침에서 더 힘을 얻었다.

1월이 되자 식량이 부족해졌다. 곡식 배급이 급속히 줄었고, 이를 보충하기 위해 감자가 더 배급될 거라는 발표가 나왔다. 하지만 짚을 충분히 덮지 않은 바람에 저장처의 감자 대부분은 얼어 있었다. 감자는 푸석푸석해지고 변색되어 먹을 수 있는 게 별로 없었다. 동물들은 며칠씩 여물과 사탕무만 먹어야 했다. 굶어 죽을 게 뻔해 보였다.

이런 사실은 바깥세상에는 절대 숨겨야만 했다. 풍차가 무너지자 용기백배한 인간들은 동물 농장에 대해 새로운 거짓말들을 지어내고 있었다. 또다시 동물들이 다 굶주림과 질병으로 죽어가고 있다느니, 항상 싸움질을 하며 서로 잡아먹고 새끼를 죽인다느니 하는 소리들이 돌아다녔다. 나폴레옹은 식량 사정에 관한 현실이 알려지면 어떤 나쁜 결과가 나타날지 잘 알고 있었다. 그래서 휨퍼 씨를 이용해서 정반대 이미지를 퍼뜨리기로 했다. 지금까지 동물들은 휨퍼가 매주 방문할 때 거의 혹은 전혀 접촉하지 않았었다. 그러나 이제 몇몇 동물들, 주로 양들을 뽑아서 그가 듣는 데서 배급이 늘어났다고 슬쩍 말을 흘리도록 지시했다. 또 나폴레옹은 창고에 있는 거의 빈 저장통에 모래를 가득 채운 뒤 그 위에 남은 곡물과 곡식 가루를 덮으라고 명령했다. 그러고는 적당한 핑계를 대고 휨퍼를 창고로 데려와서 저장통을 슬쩍 보게 했다. 그는 속아 넘어갔고, 동물 농장은 식량이 부족하지 않다고 바깥세상에 계속해서 알렸다.

그럼에도 불구하고, 1월 말이 되자 어디서 곡식을 조달하지 않으면 안 될 상황이 되었다. 이 무렵 나폴레옹은 바깥에 거의 모습을 보이지 않았고, 문마다 사나운 개들이 지키고 있는 농가에서 대부분의 시간을 보냈다. 바깥에 나타날 때면 개 여섯 마리의 호위를 받으며 격식을 차렸고, 그를 둘러싼 개들은 누가 다가가기만 하면 으르렁댔다. 일요일 아침 회의에조차 자주 빠졌지만, 지시는 다른 돼지를 통해서 내렸다. 그 역할을 하는 것은 주로 스퀄러였다.

어느 일요일 아침 스퀄러는 다시 알을 낳기 시작한 암탉들에게 달걀을 내놓으라고 공지했다. 나폴레옹은 휨퍼를 통해 매주 달걀 400개를 팔기로 계약했다. 그 돈이면 여름이 와서 사정이 나아질 때까지 농장이 돌아가게 할 곡물과 곡식 가루를 살 수 있었다.

이 소식을 듣자 암탉들은 목청 높여 마구 항의했다. 이러한 희생이 필요할 수도 있다는 경고를 받긴 했지만, 정말 일이 이렇게 될 줄은 몰랐다. 이세 막 봄에 부화시킬 알들을 보고 있던 차라, 지금 달걀을 가져가는 것은 살해 행위라고 반대했다. 존스가 추방된 이후 처음으로 반란 비슷한 일이 벌어졌다. 암탉들은 흑색 미노르카종 젊은 암탉 셋의 지휘 아래 나폴레옹의 바람을 꺾기 위해 결연히 힘썼다. 저항 방법은 서까래로 날아올라 거기서 알을 낳아 바닥에 떨어뜨려 산산조각 나게 하는 것이었다. 나폴레옹은 신속하고 무자비하게 조치를 취했다. 그는 암탉들의 식량 배급을 중지시켰고, 그들에게 낟알 하나라도 가져다주는 동물들은 모두 사형에 처하겠다고 발표했다. 명령이 지켜지는지 개들이 감시했다. 암탉들은 닷새간 버티다가 항복하고 둥지인 상자 안으로 돌아갔다. 그 과정에서 암탉 아홉 마리가 죽었다. 그들은 과수원에 묻혔고, 콕시디아증*으로 죽었다는 발표가 나갔다. 휨퍼는 이 일에 대해 전혀 듣지 못했고, 달걀은 제시간에 인도되었다. 식료품점 트럭이 일주일에 한 번 농장에 와서 달걀을 가져갔다.

그러는 내내 스노볼은 전혀 보이지 않았다. 소문에 의하면 그는 이웃 농장인 폭스우드나 핀치필드 중 한 군데에 숨어 있다고 했다. 이 무렵 나폴레옹은 다른 농장들과 전보다 약간 더 사이가 좋아졌다. 농장 마당에는 재목 더미가 있었는데, 10년 전 너도밤나무 숲을 개간할 때 쌓아놓은 나무들이었다. 재목이

*포자충에 의한 전염병. 주로 닭, 토끼에게 생긴다.

72

잘 말라 있어서, 휨퍼는 나폴레옹에게 이를 팔라고 권했다. 필킹턴 씨와 프레더릭 씨 둘 다 재목을 사고 싶어 했다. 나폴레옹은 두 사람 사이에서 마음을 못 정하고 머뭇거렸다. 프레더릭과 거의 계약을 체결하려고 하면 스노볼이 폭스우드에 숨어 있다는 소문이 들렸고, 필킹턴 쪽으로 마음이 기울어지면 스노볼이 핀치필드에 있다는 말이 돌았다.

이른 봄 갑자기 놀라운 일이 생겼다. 스노볼이 밤에 몰래 농장에 출몰한다는 것이다! 동물들은 불안해서 우리에서 잠을 이루지 못했다. 말에 따르면, 스노볼은 밤마다 어둠을 틈타 몰래 숨어 들어와 온갖 악행을 저지르고 다닌다는 것이다. 그는 곡물을 훔치고, 우유 통을 뒤엎고, 달걀을 깨고, 묘판을 짓밟고, 과일나무의 껍질을 벗겨냈다. 뭐가 잘못되기만 하면, 스노볼의 탓을 하는 게 일상이 되었다. 창문이 깨지거나 하수구가 막히면, 백발백중 누군가가 스노볼이 밤에 와서 저지른 짓이라고 말했다. 창고 열쇠가 없어지면, 농장 전체가 스노볼이 우물에 던진 거라고 확신했다. 심지어 잘못 놓인 열쇠가 곡식 자루 밑에서 나와도 여전히 그렇게 믿었다. 젖소들은 스노볼이 외양간에 몰래 들어와 잠든 사이에 젖을 짰다고 입을 모아 주장했다. 그해 겨울 골칫거리였던 쥐들도 스노볼과 결탁한 거라고들 말했다.

나폴레옹은 스노볼의 행각에 대한 전면적인 조사를 선포했다. 그는 수행견들을 데리고 나서서 농장 건물들을 면밀히 조사했고, 다른 동물들은 예의를 차려 적당한 거리에서 그 뒤를 따라다녔다. 나폴레옹은 몇 발자국마다 멈춰 서서 스노볼의 흔적을 찾아 땅바닥을 킁킁거렸다. 그는 냄새로 그의 흔적을 감지할 수 있다고 말했다. 나폴레옹은 온갖 구석과 헛간, 소 외양간, 닭장, 채소밭을 킁킁대며 다녔고, 어디서나 스노볼의 흔적을 찾아냈다. 주둥이를 땅에 대고 몇 차례 킁킁대며 깊이 냄새를 들이마시고는 무서운 소리로 외쳤다. "스노볼이오! 놈이 여기 왔었소! 놈의 냄새가 분명해!" '스노볼'이라는 말에 개들은 피가 얼어붙을 정도로 무섭게 으르렁대며 이빨을 드러냈다.

동물들은 완전히 겁에 질렸다. 스노볼은 보이지 않는 영향력을 끼치며 주변 공기에 스며들어 온갖 위협을 가하는 것 같았다. 저녁에는 스퀼러가 모두를 불러 모으더니 놀란 표정으로 심각한 소식이 있다고 말했다.

"동지들!" 스퀼러는 초조하게 깡충깡충 뛰며 말했다. "아주 끔찍한 일이 생겼어요. 스노볼이 제 발로 핀치필드 농장의 프레더릭에게 갔대요. 호시탐탐 우리를 공격해서 농장을 빼앗으려는 그자에게요! 공격이 시작되면 스노볼이 안내자 역할을 하는 거죠. 하지만 그보다 더 안 좋은 소식이 있어요. 우리는 스노볼이 반란을 일으킨 건 그저 허영심과 야망 때문이라고 생각했어요. 하지만 그게 아니었어요. 동지들, 진짜 이유가 뭔지 알아요? 스노볼은 처음부터 존스와 한통속이었던 겁니다! 그는 내내 존스의 비밀 첩보원이었어요. 그가 두고 간 서류를 우리가 방금 발견했는데, 그게 모든 걸 다 증명해주고 있어요. 난 이게 많은 걸 설명해준다고 생각해요. 동지들, 외양간 전투 때 우리를 패배시켜 죽이려 했던 걸—다행히 실패했지만—우리 눈으로 직접 봤잖아요?"

동물들은 경악했다. 이건 풍차를 파괴한 것보다 훨씬 더 사악한 짓이었다. 하지만 이 사실을 완전히 받아들이는 데는 시간이 걸렸다. 외양간 전투 때 앞장서서 돌격하며 매 고비마다 그들을 규합하고 독려했던 스노볼의 모습을 모두 기억했다, 아니 기억한다고 생각했다. 존스의 총알에 등에 부상을 입었을 때도 스노볼은 한순간도 멈추지 않았다. 처음에는 이런 기억과 그가 존스의 편이었다는 사실이 아귀가 맞지 않았다. 좀처럼 의문을 제기하지 않는 복서마저도 어리둥절했다. 그는 앉아서 앞발을 나란히 모으고 눈을 감고는 생각을 정리하려 애썼다.

"믿을 수가 없어." 복서가 말했다. "스노볼은 외양간 전투에서 용감하게 싸웠어. 내 눈으로 직접 봤는걸. 전투가 끝나자마자 '일급 동물 영웅 훈장'도 수여했잖아?"

"그게 우리의 실수였어요, 동지. 알고 보니—우리가 찾아낸 비밀 서류에 다 나와 있어요—사실 그는 우리가 패배하도록 유인하려고 했던 거였어요."

"하지만 부상도 입었잖아." 복서가 말했다. "피 흘리는 걸 모두들 봤어."

"그게 다 일부러 그런 거였어요!" 스퀼러가 고함을 질렀다. "존스의 총알은 그저 스쳤을 뿐이에요. 읽을 줄만 안다면 그가 써놓은 걸 직접 보여줄 수도 있어요. 결정적 순간에 스노볼이 달아나라는 신호를 보내고 적에게 싸움터를 내준다는 게 그들의 작전이었지요. 거의 성공할 뻔했죠. 내 말하지만, 우리의 영웅적인 지도자 나폴레옹 동지가 아니었다면 성공했을 겁니다. 존스와 부하들이 마당에 들어온 순간 스노볼이 갑자기 몸을 돌려 달아나자 동물들이 우르르 그 뒤를 따랐던 일, 기억 안 나요? 또 공포심이 퍼져나가면서 이제 졌구나 싶었던 순간, 나폴레옹 동지가 '인간에게 죽음을!'이라고 외치며 존스의 다리를 물었던 일도 생각 안 나요? 당연히 기억나죠, 동지들?" 스퀼러가 이리저리 깡충깡충 뛰어다니며 외쳤다.

스퀼러의 장면 묘사가 너무 생생해서 동물들은 정말로 그런 기억이 나는 것 같았다. 어쨌든 전투의 결정적 순간에 스노볼이 뒤로 돌아 달아났던 일은 기억이 났다. 하지만 복서는 아직도 마음이 약간 편치 않았다.

"스노볼이 처음부터 배신자였다는 건 못 믿겠어." 그가 마침내 말했다. "그 이후에 한 짓들은 달라. 하지만 외양간 전투 때는 훌륭한 동지였다고 생각해."

스퀼러가 아주 느릿느릿하고 단호하게 말했다. "우리 지도자 나폴레옹 동지는, 스노볼이 처음부터 존스의 첩자였다고 단언적으로 말씀하셨습니다, 단언적으로 말입니다, 동지들. 그래요, 반란 생각은 하지도 못했던 아주 오래전부터 말입니다."

"아, 그러면 이야기가 다르지!" 복서가 말했다. "나폴레옹 동지가 그렇게 말했다면, 그건 당연히 옳은 말이야."

"그게 올바른 정신이죠, 동지!" 말은 그렇게 했지만, 스퀼러는 조그만 눈을 번뜩이며 복서를 아주 못마땅하게 쳐다보았다. 그는 가려고 돌아섰다가 걸음을 멈추더니 심각하게 덧붙였다. "이 농장의 동물 모두에게 눈을 크게 뜨라고 경고드리죠. 지금 이 순간에도 스노볼의 비밀 첩자가 우리 중에 숨어 있다고 믿을 만한 이유가 있으니까요."

나흘 후 늦은 오후 나폴레옹은 동물 모두를 마당에 소집시켰다. 모두들 모이자, 나폴레옹이 훈장 두 개를 다 달고(최근 자신에게 '일급 동물 영웅 훈장'과 '이급 동물 영웅 훈장'을 수여했기 때문이다) 농가에서 나왔다. 아홉 마리의 개들은 그의 주위를 맴돌고 뛰며 등골이 서늘하도록 무시무시한 소리로 으르렁댔다. 무슨 끔찍한 일이 벌어지리라는 걸 미리 알기라도 한 듯이 모두들 꼼짝 않고 웅크린 채 조용히 서 있었다.

나폴레옹은 단호하게 서서 청중을 둘러보더니 날카롭게 꽥꽥거렸다. 순식간에 개들이 달려 나와, 돼지 네 마리의 귀를 물고 나폴레옹의 발치로 질질 끌고 갔다. 돼지들은 고통과 공포로 꽥꽥거리며 비명을 질러댔다. 돼지들의 귀에서 흐르는 피 맛을 본 개들은 잠시 정신이 나가버린 것 같았다. 놀랍게도 그중 세 마리가 복서에게 달려들었다. 복서는 달려드는 개들을 보더니 커다란 발굽을 들어 공중에서 한 마리를 낚아채 바닥에 짓눌렀다. 개는 깨갱거리며 자비를 구했고, 다른 두 마리는 꼬리를 내리고 달아났다. 복서는 개를 밟아 죽여야 할지 놔줘야 할지 나폴레옹을 바라보며 답을 구했다. 나폴레옹은 안색이 살짝 변하더니 개를 놓아주라고 날카롭게 명령했다. 복서가 발굽을 들자 개는 멍이 든 채 울부짖으며 도망갔다.

소란은 곧 가라앉았다. 돼지 네 마리는 죄의식이 가득한 얼굴로 덜덜 떨며 기다렸다. 나폴레옹은 그들에게 죄를 고백하라고 명령했다. 나폴레옹이 일요일 회의를 폐지했을 때 항의했던 바로 그 돼지들이었다. 더 닦달하지 않아도 그들은 스노볼이 추방된 이후 계속해서 은밀히 접촉했노라고, 그와 공모해서 풍차를 무너뜨렸으며, 동물 농장을 프레더릭 씨에게 넘겨주기로 약속했다고 자백했다. 또 스노볼이 지난 몇 년 동안 존스의 비밀 첩자였다는 사실도 털어놓았다고 덧붙였다. 그들이 자백을 마치자 개들이 곧장 목을 물어뜯었다. 나폴레옹은 무시무시한 목소리로 또 자백할 게 있는 동물이 있느냐고 물었다.

달걀 반란을 주모했던 암탉 세 마리가 앞으로 나오더니, 스노볼이 꿈에 나타나서 나폴레옹의 명령에 반항하도록 선동했다고 말했다. 그들 역시 처형당했다. 다음으로는 거위 한 마리가 앞으로 나와 작년 추수 때 곡식 이삭 여섯 개를 몰래 감췄다가 밤에 먹었다고 자백했다. 다음에는 양 한 마리가 나와 식용 옹달샘에 오줌을 눴다고 털어놓았다. 스노볼이 시켰다는 것이다. 또 다른 양 두 마리는 나폴레옹의 열렬한 추종자인 늙은 숫양이 감기로 고생할 때 모닥불 주위에서 계속 뒤를 쫓아 돌고 또 돌게 해서 죽게 했노라고 자백했다. 모두 그 자리에서 학살 당했다. 그렇게 자백과 처형이 계속되었다. 나폴레옹의 발치에는 시체 더미가 쌓였고, 피 냄새가 사방에 진동했다. 존스가 추방된 이후로 없던 일이었다.

모든 게 끝나자, 돼지와 개를 제외한 동물들은 무리 지어 조용히 자리를 떠났다. 모두들 비참함에 몸을 떨었다. 스노볼과 내통한 동물들의 배신, 그리고 방금 목격한 무자비한 보복, 둘 중 어느 것이 더 충격적인지 알 수 없었다. 예전에도 이렇게 끔찍한 유혈 참사가 종종 벌어지기는 했지만, 이번은 동물들 사이에서 일어난 일이라 훨씬 끔찍하게 느껴졌다. 존스가 농장을 떠난 후 오늘까지 동물이 다른 동물을 죽인 일은 한 번도 없었다. 쥐 한 마리도 죽임을 당한 적 없었다. 동물들은 반쯤 지은 풍차가 서 있는 작은 언덕으로 올라가서, 추위를 피해 옹기종기 붙듯이 나란히 엎드렸다. 클로버, 뮤리엘, 벤저민, 젖소들, 양 떼, 거위와 암탉들—나폴레옹이 소집 명령을 내리기 직전 갑자기 사라진 고양이만 빼고 다 있었다. 한동안 아무도 말이 없었다. 복서만 서 있었다. 그는 긴 검은 꼬리로 옆구리를 철썩철썩 때리고 가끔 놀란 듯이 히힝 울며 초조하게 이리저리 서성거렸다. 마침내 그가 입을 열었다.

"난 정말 모르겠어. 우리 농장에서 이런 일이 벌어질 수 있다니 지금도 못 믿겠어. 분명 우리가 뭔가 잘못해서겠지. 내가 보기에, 해결책은 더 열심히 일하는 거야. 지금부터 나는 아침에 한 시간씩 일찍 일어나겠어."

그러고는 터벅터벅 채석장으로 향했다. 채석장에 도착한 그는 돌을 연속 두 더미 모아 풍차까지 다 옮겨놓고서야 자러 갔다.

동물들은 클로버를 둘러싸고 아무 말 없이 옹기종기 모여 있었다. 그들이 엎드려 있는 언덕에서는 시골 풍경을 한눈에 조망할 수 있었다. 동물 농장도 대부분 다 보였다. 큰길까지 길게 뻗은 목초지, 건초용 풀밭, 방적 공장, 옹달샘, 어린 밀이 빽빽이 자라 초록색 밭, 농가 건물의 빨간 지붕 굴뚝에서 피어오르는 연기. 맑은 봄날 저녁이었다. 봉우리들이 터지기 시작한 산울타리와 풀밭이 비스듬한 저녁 햇살에 물들었다. 농장이 이렇게 멋지게 보이기는 처음이었다. 저곳이 자신들의 농장이라는 것, 그 구석구석 모두가 자신들의 소유라는 사실이 새삼스럽게 다가왔다. 클로버는 언덕을 내려다보면서 눈물지었다. 생각을 말로 표현할 수 있었다면, 몇 년 전 인간을 몰아냈을 때 목표로 했던 건 이런 게 아니었다고 말했을 것이다. 메이저 영감이 처음으로 반란을 선동하던 그날 밤, 그들이 기대했던 것은 이런 공포와 처형 장면이 아니었다. 자신이 상상한 미래의 모습은 모든 동물들이 배고픔과 채찍질에서 해방되어 능력껏 일하며 모두 평등하게 살아가는 사회였다. 메이저 영감이 연설하던 밤 자기 앞다리로 어미 잃은 오리 새끼들을 지켜줬던 것처럼 강자가 약자를 보호하는 사회였다. 그 대신―이유는 알 수 없지만―지금 그들이 사는 세상은 두려움 때문에 아무도 속마음을 말하지 못하고, 사납게 으르렁대는 개 떼가 사방에 돌아다니고, 동지가 충격적인 죄를 고백한 후 갈가리 찢기는 모습을 지켜봐야 하는 곳이었다. 클로버는 반란이나 불복종 같은 건 생각하지도 않았다. 아무리 상황이 이렇다 해도 존스 시절보다는 훨씬 낫다는 것을, 무엇보다도 인간이 되돌아오는 걸 막아야 한다는 것을 클로버는 잘 알고 있었다. 무슨 일이 있어도 충성하고, 열심히 일하고, 주어진 지시 사항들을 수행하고, 나폴레옹의 지도에 따를 작정이었다. 그럼에도, 자신과 다른 모든 동물들이 바라고 노력한 건 이런 것을 위해서가 아니었다. 이러자고 풍차를 세우고 존스의 총알에 맞선 게 아니었다. 말로 표현할 능력은 없었지만 이것이 클로버의 생각이었다.

결국 클로버는 〈영국의 동물들〉을 부르기 시작했다. 표현할 수 없는 말 대신 이 노래가 자신의 심정을 대변해줄 수 있다고 생각했던 것이다. 주위의 다른 동물들도 따라 부르기 시작했고, 다들 세 번이나 노래했다. 그들은 아름답게 불렀지만, 노래는 전과 달리 느릿느릿하고 구슬펐다.

세 번째로 노래를 막 마쳤을 때, 스퀼러가 개 두 마리를 데리고 중요한 이야기가 있다는 분위기를 풍기며 다가왔다. 그는 나폴레옹 동지의 특별 포고에 의해 〈영국의 동물들〉은 폐지되었다고 말했다. 앞으로 그 노래를 부르는 것은 금지라는 것이다.

동물들은 깜짝 놀랐다.

"왜?" 뮤리엘이 물었다.

"이제는 필요가 없기 때문입니다, 동지." 스퀼러는 딱딱하게 말했다. "〈영국의 동물들〉은 반란가였어요. 하지만 이제 반란은 완성되었습니다. 오늘 오후 배신자들의 처형이 반란의 마지막 조처였죠. 이제 내부와 외부의 적을 모두 물리쳤습니다. 〈영국의 동물들〉로 우리는 미래에 올 더 나은 사회에 대한 희망을 표현했었죠. 하지만 그 사회는 이제 이루어졌습니다. 이 노래는 아무 쓸모가 없어요."

겁이 나긴 했지만 몇몇 동물은 항의를 했을지도 모른다. 하지만 그 순간 양들이 평소처럼 "네 발 좋아, 두 발 나빠"를 외치기 시작했고, 그 소리가 몇 분 동안이나 계속되면서 논의는 끝나버렸다.

그래서 더 이상 〈영국의 동물들〉은 불리지 않았다. 대신 시인 미니무스가 이런 노래를 지었다.

동물 농장이여, 동물 농장이여,
그대 절대 나로 인해 해를 입지 않으리!

일요일 아침 깃발을 게양하고 나면 모두 이 노래를 불렀다. 하지만 가사도 곡조도 왠지 〈영국의 동물들〉에 못 미치는 것 같았다.

# 8장

며칠 후 처형으로 인한 공포가 잦아들자, 몇몇 동물들은 여섯 번째 계명이 "어떤 동물도 다른 동물을 죽여서는 안 된다"였다는 걸 떠올렸다, 아니 기억한다고 생각했다. 돼지나 개가 듣는 데서는 아무도 이런 이야기를 하지 않았지만, 동물들을 처형한 것은 계명에 어긋나는 일이라는 생각이 들었다. 클로버는 벤저민에게 여섯 번째 계명을 읽어달라고 부탁했지만, 늘 그렇듯이 벤저민이 그런 문제에 끼어들기를 거부하자 뮤리엘을 데려왔다. 뮤리엘이 계명을 읽어주었다. 그 내용은 이러했다. "어떤 동물도 '이유 없이' 다른 동물을 죽여서는 안 된다." 아무리 생각해도 동물들의 기억 속에는 '이유 없이'라는 구절은 없었다. 하지만 이제 어쨌거나 계명을 위반한 건 아니라는 것은 알았다. 스노볼과 한통속이 된 배반자들을 죽이는 것은 분명 충분한 이유가 되니 말이다.

그해 내내 동물들은 지난해보다 훨씬 더 열심히 일했다. 풍차 벽을 전보다 두 배 두껍게 다시 짓고, 정해진 날짜까지 공사를 마쳐야 하는 데다, 정규 농장 일까지 있으니 엄청난 노동이 아닐 수 없었다. 존스 시절보다 일은 더 오래 하면서 먹는 건 그 시절과 다를 바 없이 형편없다는 생각이 들 때도 있었다. 일요일 아침이면 스퀼러는 앞발로 긴 종이를 들고는 온갖 식량 생산량이 종류에 따라 200퍼센트, 300퍼센트, 500퍼센트나 증가했다는 걸 보여주는 숫자들을 읽어주었다. 동물들은 그 말을 믿지 않을 이유가 없었다. 이제 반란 전 상황은 잘 기억나지도 않으니 더더욱 그랬다. 하지만 숫자는 줄어도 좋으니 식량이나 많이 받았으면 하는 기분이 드는 날도 있었다.

이제는 모든 지시 사항들이 스퀼러나 다른 돼지를 통해 내려왔다. 나폴레옹이 동물들 앞에 나타나는 것은 2주에 한 번도 되지 않았다. 등장할 때는 수행견들뿐만 아니라 검은 수평아리도 거느리고 나왔는데, 수평아리는 앞장서서 행진하다가 나폴레옹이 연설하기 전에 "꼬끼오" 하고 커다란 소리를 내질러 일종의 나팔수 노릇을 했다. 농가 안에서도 나폴레옹은 다른 돼지들과 방을 따로 쓴다는 이야기가 들렸다. 그는 돼지 두 마리의 시중을 받으며 혼자 식사하고, 거실 유리 찬장에 있던 크라운 더비 식기를 사용한다는 것이다. 또 매년 두 번의 기념일 외에 나폴레옹의 생일에도 축포를 쏜다는 발표가 나왔다.

나폴레옹은 이제 그냥 '나폴레옹'이라고 불리지 않았다. 언제나 '우리의 지도자 나폴레옹 동지'라고 격식을 갖춰 호명되었다. 돼지들은 그에게 '모든 동물의 아버지', '인간들의 공포의 대상', '양 떼의 보호자', '오리들의 친구' 같은 이름들을 붙여주는 것을 좋아했다. 연설을 할 때면 스퀼러는 눈물을 줄줄 흘리며 나폴레옹의 지혜와 선한 마음, 사방의 모든 동물들에 대한 깊은 사랑에 대해 언급했다. 아직도 다른 농장에서 무지와 노예노동에 시달리는 불행한 동물들에 대한 사랑은 특히 남달랐다. 모든 성취와 행운은 나폴레옹 덕으로 돌리는 게 당연한 일이 됐다. 암탉이 다른 암탉에게 "우리의 지도자 나폴레옹 동지의 영도로 엿새 동안 알을 여섯 개 낳았어"라고 말하거나, 샘에서 물을 마시던 젖소 두 마리가 "나폴레옹 동지의 영도 덕분에 물맛이 어찌나 좋은지!" 하고 감탄하는 소리들을 흔히 들을 수 있었다. 이러한 농장 분위기는 미니무스가 지은 〈나폴레옹 동지〉라는 시에 잘 표현되어 있다. 시는 다음과 같았다.

　　아비 없는 동물들의 친구!
　　행복의 반석!
　　여물통의 지배자! 아, 내 영혼은
　　활활 타오르네, 당신 눈을 바라볼 때
　　그 차분하고 위풍당당한 눈,
　　하늘의 태양 같구나,

나폴레옹 동지!

당신은 동물들이 좋아하는
모든 것을 주는 이
하루 두 번 배부른 식사, 뒹굴거릴 깨끗한 짚,
크고 작은 모든 동물들이
우리에서 평화롭게 잠드네.
당신께서 지켜보시니,
나폴레옹 동지!

내게 젖먹이 새끼 돼지가 있다면,
그가 자라기 전에
작은 병이나 밀대만큼 커지기도 전에,
그는 배워야 하리
당신께 충성하고 성실한 법을,
그렇다네, 새끼가 해야 할 첫 번째 말은 바로
'나폴레옹 동지!'

나폴레옹은 이 시에 만족해서 큰 헛간 벽, 즉 칠계명이 쓰인 맞은편 벽에 쓰게 했다. 시 위에는 스퀼러가 흰 페인트로 나폴레옹의 옆얼굴 초상을 그렸다.

한편, 휨퍼를 매개로 해서 나폴레옹은 프레더릭, 필킹턴과 복잡한 협상에 뛰어들었다. 목재 더미는 아직 팔리지 않았다. 둘 중 프레더릭이 목재를 더 탐냈지만 적절한 가격을 쳐주려 하지 않았다. 그 시점에 프레더릭과 부하들이 동물 농장을 공격해서, 맹렬히 시기하던 풍차를 무너뜨리려는 음모를 꾸미고 있다는 소문이 다시 돌았다. 소문에 의하면 스노볼은 아직도 핀치필드 농장에 숨어 있었다. 한여름에 암탉 세 마리가 앞으로 나와서 스노볼의 사주로 나폴레옹을 죽이려는 음모를 꾸몄다고 자백하자 동물들은 경악했다. 암탉들은 그 자리에서 처형당했고, 나폴레옹의 안전을 위해 새로운 경호 조치들이 취해졌다. 밤이면 개 네 마리가 각각 침대 한 귀퉁이를 지켰고, 핑크아이라는 젊은 돼지는 나폴레옹이 먹기 전에 모든 음식을 먼저 맛보며 독이 들어 있는지 확인했다.

그 무렵 나폴레옹이 필킹턴 씨에게 목재를 팔기로 했다는 소문이 돌았다. 또 동물 농장과 폭스우드 농장이 정기적으로 특정 산물을 교환하는 데도 곧 합의할 거라고 했다. 나폴레옹과 필킹턴의 관계는, 휨퍼를 통해서만 이루어지긴 했지만, 이제 거의 우호적이었다. 동물들은 인간으로서 필킹턴을 신뢰하지 않았지만, 프레더릭보다는 훨씬 좋아했다. 그들은 프레더릭을 두려워했고 증오했다. 여름이 깊어가고 풍차가 거의 완공되면서, 곧 비열한 공격이 있을 거라는 소문이 점점 더 자자해졌다. 프레더릭은 총으로 무장한 인간 스무 명을 데려올 작정이고, 또 동물 농장의 권리 증서를 손에 넣어도 아무런 질문도 하시 않도록 치안판사와 경찰관에게 이미 뇌물도 먹였다는 것이다. 게다가 프레더릭이 동물들을 학대한다는 끔찍한 이야기들이 핀치필드에서 새어 나왔다. 그는 늙은 말이 죽을 때까지 채찍으로 때리고, 젖소들을 굶기며, 개를 화덕에 던져 죽이고, 저녁이면 닭 발톱에 면도날 조각을 묶어 싸움을 붙이며 논다는 것이다. 동지들에게 가해지는 이런 짓거리들을 들을 때마다 동물들은 분노로 피가 끓었다. 때로 그들은 단체로 핀치필드 농장을 공격해서 인간을 몰아내고 동물들을 해방시키도록 허락해달라고 법석을 부리기도 했다. 하지만 스퀼러는 성급한 행동을 피하고, 나폴레옹 동지의 전략을 믿으라고 충고했다.

그럼에도 프레더릭에 대한 반감은 점점 더 커져갔다. 어느 일요일 아침, 나폴레옹은 헛간에 나타나 자신은 프레더릭에게 목재를 팔 생각은 한 번도 한 적 없다고 설명했다. 그따위 악당과 거래를 하는 것은 자신의 품위에 맞지 않는 일이라는 것이다. 여전히 바깥세상에 반란 소식을 퍼뜨리는 임무를 맡고 있는 비둘기들에게는 폭스우드 농장에는 발도 들이지 말 것이며, "인간에게 죽음을"이라는 예전 구호 대신 "프레더릭에게 죽음을"이라는 구호를 쓰라고 명령했다. 늦여름 스노볼의 음모가 또 하나 드러났다. 밀밭에 잡초가 가득했는데, 알고 보니 스노볼이 야밤에 와서 곡식 씨앗과 잡초 씨들을 섞었다는 것이다. 이 일에 은밀히 관여했던 수거위는 스퀼러에게 죄를 자백하더니 그 자리에서 벨라돈나* 열매를 삼키고 자살했다. 이제 동물들은 스노볼이 '일급 동물 영웅 훈장'을 받은 적—많은 동물들이 지금껏 그렇게 믿고 있었다—없다는 사실도 알게 되었다. 이는 외양간 전투 후에 스노볼 자신이 퍼뜨린 전설에 불과했다. 훈장을 받기는커녕 그는 전투 중 겁먹은 모습을 보여 질책당했었다. 이번에도 몇몇 동물들은 이 이야기에 당황했지만, 스퀼러는 그들의 기억이 잘못된 것이라고 납득시켰다.

가을이 되었고, 뼈 빠지도록 노력한 끝에—거의 동시에 추수까지 해야 했기 때문이다—풍차가 완성되었다. 아직 기계는 설치하지 않았고 휨퍼가 구입 흥정을 하는 중이었지만, 골조는 완성되었다. 모든 어려움과 경험 부족, 형편없는 도구, 불운과 스노볼의 간계에도 불구하고 공사는 정확하게 예정일에 맞춰 끝났다! 동물들은 기진맥진했지만 뿌듯한 마음에 자신들이 만든 걸작을 돌고 또 돌았다. 그들이 보기에 처음에 만든 것보다 훨씬 멋져 보였다. 게다가 벽은 전보다 두 배나 두꺼웠다. 이번에는 폭약이 아니고서는 무너뜨릴 수 없을 것이다! 그동안 얼마나 고되게 일했고 얼마나 큰 절망들을 극복했으며, 풍차 날개가 돌아가고 발전기가 작동되면 생활이 얼마나 많이 달라질 것인지를 생각하니 모든 피로가 싹 가셨다. 동물들은 환호성을 지르며 풍차 주변을 깡충깡충 뛰었다. 나폴레옹도 개들과 수평아리의 호위를 받으며 와서 완성된 풍차를 시찰했다. 그는 동

---

*자주색 꽃이 피고 까만 열매가 열리는 독초.

물들의 위업을 치하하고, 이를 '나폴레옹 풍차'로 부르겠다고 선언했다.

이틀 후 동물들은 헛간에서 열리는 특별 회의에 소집되었다. 나폴레옹이 프레더릭에게 목재를 팔았다고 발표하자, 동물들은 어안이 벙벙해졌다. 내일 프레더릭이 보낸 마차들이 와서 목재를 실어 갈 것이라고 했다. 그동안 내내 필킹턴과 우호적으로 지내는 척하면서 사실 나폴레옹은 은밀히 프레더릭과 거래를 했던 것이다.

폭스우드와는 모든 관계가 끊어졌고, 필킹턴에게는 모욕적인 전갈이 전달되었다. 비둘기들은 핀치필드 농장을 피하고, "프레더릭에게 죽음을" 대신 "필킹턴에게 죽음을"으로 구호를 바꾸라는 지시를 받았다. 동시에 나폴레옹은 곧 동물 농장이 공격당할 거라는 소문은 절대 사실이 아니며, 프레더릭이 동물을 학대했다는 이야기도 엄청나게 과장된 거라고 말했다. 이 모든 소문은 스노볼과 첩자들이 퍼뜨렸을 것이다. 이제 보니 스노볼은 핀치필드 농장에 숨어 있는 것도 아니고, 사실 거기에는 간 적조차 없는 것 같았다. 지금 그는 폭스우드에서 살고 있으며—소문에 따르면, 아주 호사스럽게 산다고 했다—사실은 과거 몇 년 동안 필킹턴의 후원을 받고 있었다는 것이다.

나폴레옹의 술수에 돼지들은 환호했다. 필킹턴과 친하게 지내는 척해서 프레더릭이 12파운드나 값을 올려 부르도록 밀어 붙였으니 말이다. 하지만 나폴레옹의 진정 뛰어난 점은 그가 아무도, 심지어 프레더릭조차 믿지 않는 데 있다고 스퀼러는 말했다. 프레더릭은 목재 값을 수표라는 것, 그러니까 적힌 금액을 준다는 약속을 적은 종이쪽지 같은 것으로 지불하려고 했다. 하지만 나폴레옹은 똑똑해서 넘어가지 않았다. 그는 목재 값은 진짜 5파운드 지폐로 지불해야 하며, 목재를 실어 가기 전에 돈을 줘야 한다고 요구했다. 프레더릭은 이미 지불을 마쳤고, 그가 지불한 총액은 풍차에 넣을 기계를 사기에 충분한 액수였다.

그러는 동안 목재는 빠른 속도로 수레에 실려 운반되었다. 수레들이 모두 떠나자, 프레더릭의 지폐를 검사하기 위한 특별 회의가 헛간에서 또 열렸다. 나폴레옹은 훈장 두 개를 달고 환하게 웃으며 연단 위 밀짚 침대 위에 누웠고, 그 옆에는 농가 부엌에서 가져온 도기 접시 위에 돈을 차곡차곡 쌓아놓았다. 동물들은 줄지어 천천히 지나가며 마음껏 지폐를 구경했다. 복서가 지폐 냄새를 맡으려고 코를 들이밀자, 콧바람에 얇고 흰 종이들이 들썩대며 바스락 소리를 냈다.

사흘 후 엄청난 소란이 벌어졌다. 휨퍼가 죽은 사람처럼 창백한 얼굴로 자전거를 타고 오솔길을 달려오더니, 자전거를 마당에 내팽개치고 농가로 뛰어 들어갔다. 다음 순간 나폴레옹의 처소에서 분노에 찬 고함 소리가 터져 나왔다. 소식이 들불처럼 삽시간에 농장 전체에 퍼졌다. 그 지폐가 위조지폐였다는 것이다! 프레더릭이 공짜로 목재를 챙긴 것이다!

나폴레옹은 당장 동물들을 소집하고는 무시무시한 소리로 프레더릭에게 사형선고를 내렸다. 그를 잡으면 산 채로 끓여버리겠다고 했다. 동시에 그는 이 배반 행위 뒤에는 더한 것이 올 거라고 경고했다. 프레더릭과 부하들은 언제라도 공격해 올 것이다. 농장으로 들어오는 모든 길에 보초가 배치되었다. 그리고 비둘기 네 마리가 필킹턴과 다시 우호 관계를 맺어줄 기대를 담은 화해의 전언을 가지고 폭스우드로 날아갔다.

바로 다음 날 아침 공격이 시작됐다. 동물들이 아침을 먹고 있는데 보초들이 달려와서 프레더릭과 부하들이 벌써 다섯 가로대 대문을 들어왔다고 알렸다. 동물들은 용기 있게 출정해 맞섰지만, 이번에는 외양간 전투 때처럼 쉽게 승리하지 못했다. 인간들은 열다섯 명이었고, 그중 대여섯은 총으로 무장하고 있었다. 그들은 동물들이 50야드 내에 들어오자마자 총을 쏴댔다. 동물들은 끔찍한 총소리와 날카로운 총탄을 감당할 수가 없었다. 나폴레옹과 복서가 아무리 다시 불러 모으려 해도 동물들은 곧 뒤로 밀렸다. 벌써 여럿이 부상을 입었다. 동물들은 농장 건물로 피신해 판자 틈새와 옹이구멍으로 조심스럽게 바깥을 엿보았다. 풍차를 포함한 넓은 목초지가 적들의 손에 들어갔다. 잠시 동안 나폴레옹조차 어쩔 줄 모르는 눈치였다. 그는 뻣뻣한 꼬리를 휘두르며 말없이 왔다 갔다 했다. 다들 폭스우드 쪽으로 간절한 시선을 보냈다. 필킹턴과 일꾼들이 도와준다면 승리할 수 있을 텐데. 하지만 그 순간 전날 보냈던 비둘기 네 마리가 돌아왔다. 그중 한 마리가 필킹턴의 편지 조각을 가지고 있었다. 편지에는 이렇게 적혀 있었다. "꼴좋다."

그사이 프레더릭과 부하들은 풍차 주위에 서 있었다. 동물들은 그들을 지켜보며, 저마다 낙담에 차 웅성거렸다. 두 사람이 쇠지레와 커다란 망치를 꺼냈다. 풍차를 부술 작정이었다.

"어림없어!" 나폴레옹이 외쳤다. "그러기에는 우리 벽이 너무 두껍거든. 일주일 동안 두드려도 못 무너뜨려. 용기를 냅시다, 동지들!"

하지만 벤저민은 인간들의 행동을 유심히 지켜보았다. 망치와 쇠지렛대를 든 두 사람은 풍차 기단에 구멍을 내고 있었다. 벤저민은 거의 재미있다는 듯이 천천히 긴 주둥이를 끄덕거렸다.

"그럴 줄 알았어." 그가 말했다. "뭘 하고 있는지 안 보이나? 곧 저 구멍에 폭약 가루를 넣을 거야."

동물들은 공포에 질려서 그대로 기다렸다. 이제는 피난처 건물에서 감히 나갈 수가 없었다. 몇 분 후 인간들이 사방으로 뛰어가는 모습이 보였다. 그러더니 귀청이 터질 듯한 굉음이 들렸다. 비둘기들은 공중으로 날아올랐고, 나폴레옹을 제외한 동물들은 바닥에 납작하게 엎드려 얼굴을 파묻었다. 다시 일어났을 때, 풍차가 있던 자리에서는 검은 연기구름이 뭉게뭉게 피어오르고 있었다. 바람에 연기가 서서히 흩어졌다. 풍차는 더 이상 존재하지 않았다!

그 광경에 동물들은 용기를 되찾았다. 이 비열하고 경멸적인 행위에 조금 전까지 느꼈던 두려움과 절망감이 분노에 묻혀 버렸다. 그들은 소리 높여 복수를 부르짖으며 명령을 기다리지도 않고 한 덩어리가 되어 적을 향해 나아갔다. 이번에는 우박처럼 쏟아지는 잔인한 총알도 개의치 않았다. 잔인하고 독한 전투였다. 인간들은 계속해서 총을 쏴댔고, 동물들이 가까이 다가가자 막대기를 휘두르고 무거운 부츠를 신은 발로 발길질을 해댔다. 소 한 마리, 양 세 마리, 거위 두 마리가 죽었고, 거의 모두가 부상을 입었다. 후방에서 작전 지휘를 하던 나폴레옹마저 꼬리 끝에 총알을 맞았다. 하지만 인간들도 무사하지는 않았다. 세 사람이 부서의 발굽에 맞아 머리가 깨졌고, 또 한 사람은 소뿔에 배를 찔렸으며, 또 한 사람은 제시와 블루벨에게 물려 바지가 거의 찢어질 뻔했다. 나폴레옹의 호위견 아홉 마리는 그의 지시에 따라 산울타리 뒤에 숨어 우회해 간 뒤 사납게 짖으며 측면을 급습해 인간들을 혼비백산시켰다. 프레더릭이 부하들에게 상황이 허락할 때 빠져나가라고 소리 지르자, 겁먹은 인간들은 이내 죽어라고 달아났다. 동물들은 들판 끝까지 쫓아가서 가시 울타리를 헤집고 빠져나가는 그들을 마지막으로 걷어찼다.

동물들은 승리했지만, 지쳤고 피를 흘리고 있었다. 그들은 천천히 절뚝거리며 농장으로 돌아왔다. 풀밭에 뻗어 있는 동지들의 시신을 보자 몇몇은 눈물을 흘렸다. 그리고 잠시 풍차가 있던 자리에 멈춰 서서 슬픈 침묵에 빠졌다. 그렇다, 풍차는 사라져버렸다. 힘든 노동의 결과가 한 조각 자취도 없이 사라졌다! 토대마저 일부 무너졌다. 이번에 다시 지을 때는 전처럼 무너진 돌들을 사용할 수도 없었다. 이번에는 돌들도 날아가버렸으니까. 폭발의 힘으로 돌들은 몇백 야드나 날아가버렸다. 마치 풍차가 아예 존재한 적도 없던 것 같았다.

동물들이 농장에 다가오자, 전투 내내 이상하게 모습을 보이지 않던 스퀼러가 폴짝폴짝 뛰며 다가왔다. 그는 만족스러운 미소를 환히 지으며 꼬리를 살랑거렸다. 농가 건물 쪽에서 엄숙한 총소리가 들려왔다.

"뭣 때문에 총을 쏘는 거지?" 복서가 물었다.

"우리의 승리를 축하하기 위해서죠!" 스퀼러가 외쳤다.

"무슨 승리?" 복서가 물었다. 그의 무릎에서는 피가 흐르고, 편자 한 짝은 달아났고, 발굽은 쪼개졌으며, 뒷다리에는 총알이 열두어 개나 박혀 있었다.

"무슨 승리냐니요, 동지? 우리가 적들을 우리 땅, 동물 농장의 신성한 땅에서 쫓아냈잖아요?"

"하지만 인간들이 풍차를 무너뜨려버렸어. 우리가 2년 동안이나 일해서 만들었는데!"

"그게 무슨 상관이에요? 풍차는 또 세우면 되죠. 원한다면 여섯 개도 만들 거예요. 동지는 우리의 위업을 높이 평가하지 않는군요. 적은 우리가 서 있는 바로 이 땅을 점령했었어요. 하지만 이제—나폴레옹 동지의 영도 덕분에—우리는 땅을 한 조각도 남김없이 되찾았단 말입니다!"

"그러면 우리는 전에 가졌던 것을 이겨서 다시 찾은 거네."
복서가 말했다.

"그게 우리의 승리죠." 스퀼러가 말했다.

그들은 절뚝거리며 마당으로 갔다. 총알 박힌 복서의 다리
는 욱신거리며 쑤셨다. 풍차를 토대부터 다시 세워야 하는 앞
날의 고된 노동을 그려보며, 그는 상상 속에서 벌써 마음을 굳
게 다졌다. 하지만 처음으로 자신은 이제 열한 살이나 되었고
근육도 예전 같지는 않을 거라는 생각이 들었다.

하지만 펄럭이는 초록 깃발을 보고 축포 소리와―이번에는
모두 일곱 발이었다―그들의 공적을 치하하는 나폴레옹의 연
설을 듣자, 동물들은 어쨌거나 큰 승리를 거둔 듯한 기분이 들
었다. 전투에서 죽은 동물들에게는 엄숙한 장례를 치러줬다.
복서와 클로버가 장의차 수레를 끌었고, 나폴레옹은 행렬 선
두에서 걸었다. 축전은 이틀 동안 계속되었다. 노래와 연설이
이어졌고, 축포도 더 쏘았다. 특별 포상으로 모든 동물에게 사
과 한 알, 새들에게는 곡물 2온스*, 개들에게는 각각 비스킷 세
개가 수여되었다. 이 전투를 '풍차 전투'로 명명한다는 발표가
있었고, 나폴레옹은 새로 '초록 깃발 훈장'을 만들어 스스로에
게 수여했다. 환희 속에서 불운한 위조지폐 사건은 잊혔다.

*야드파운드법에 의한 무게 단위. 1온스는 약 28그램이다.

며칠 후 돼지들은 농가 지하실에서 위스키 통을 발견했다. 처음 집에 들어왔을 때는 지나쳤던 물건이었다. 그날 밤 농가에서는 시끄러운 노랫소리가 들렸고, 그 속에는 놀랍게도 〈영국의 동물들〉 가락도 섞여 있었다. 9시 반쯤 존스 씨의 낡은 중산모를 쓴 나폴레옹이 뒷문에서 나와 마당을 마구 뛰며 돌다가 다시 안으로 사라지는 모습이 목도되었다. 하지만 아침이 되자 농가에는 무거운 고요가 내려앉아 있었다. 돼지 한 마리도 얼씬대지 않았다. 9시가 다 되어서야 스퀼러가 나타났다. 그는 멍한 눈에 꼬리를 축 늘어뜨리고는 어느 모로 봐도 중병이라도 걸린 듯한 모습으로 기운 없이 천천히 걸었다. 그러고는 동물들을 소집하더니 끔찍한 소식이 있다고 말했다. 나폴레옹 동지가 죽어가고 있다는 것이다!

비탄에 찬 비명이 터져 나왔다. 농가 문밖에는 짚단이 깔렸고, 동물들은 발끝으로 살금살금 걸어 다녔다. 그들은 눈물을 그렁거리며 지도자가 떠나버리면 어떻게 하느냐고 서로에게 질문했다. 스노볼이 어찌어찌 용케 나폴레옹의 음식에 독을 탔다는 소문이 돌았다. 11시에 스퀼러가 나오더니 또 다른 발표를 했다. 나폴레옹 동지가 이승에서 마지막 조치로 준엄한 법령을 선포했다는 것이다. 술을 마시면 사형에 처한다는 법령이었다.

하지만 저녁 무렵이 되자 나폴레옹은 좀 나아진 듯했고, 다음 날 아침 스퀼러는 그가 잘 회복되고 있다고 말할 수 있었다. 그날 저녁 나폴레옹은 다시 업무를 시작했고, 다음 날에는 휨퍼에게 윌링던에서 양조법과 증류법을 다룬 책들을 사 오도록 지시했다는 말이 들렸다. 일주일 후 나폴레옹은 과수원 뒤편의 작은 방목장을 갈라고 지시했다. 그곳은 전에 은퇴한 동물들이 풀을 뜯을 곳으로 따로 두기로 한 땅이었다. 목초지의 풀이 다 없어져서 다시 씨를 뿌려야 한다느니 했지만, 곧 나폴레옹의 속셈은 이 땅에 보리를 심는 것이라는 게 드러났다.

이즈음 아무도 이해할 수 없는 이상한 일이 벌어졌다. 어느 날 밤 12시경 마당에서 쿵 하고 커다란 소리가 들려서, 동물들이 우리에서 뛰쳐나왔다. 달빛이 밝은 밤이었다. 큰 헛간 벽 끝, 칠계명이 쓰인 벽 아래에 사다리가 두 동강 난 채 쓰러져 있었다. 그 옆에는 스퀼러가 기절한 채 뻗어 있었고, 그 바로 옆에는 등불과 페인트 붓, 뒤집힌 흰 페인트 통이 널려 있었다. 개들이 즉시 스퀼러를 에워쌌고, 그가 걸을 수 있게 되자마자 호위해서 농가로 데려갔다. 이게 무슨 일인지 아무도 영문을 이해하지 못했다. 벤저민 영감만이 뭔가 안다는 듯이 주둥이를 끄덕이며 상황을 이해하는 것 같았지만, 그는 아무 말도 하지 않았다.

그러나 며칠 후 뮤리엘은 칠계명을 읽다가 동물들이 잘못 기억하는 계명을 하나 더 발견했다. 다섯 번째 계명은 "어떤 동물도 술을 마셔서는 안 된다"라고 알고 있었는데, 모두 잊어버렸지만 거기에는 한 단어가 더 있었다. 사실 그 계명은 "어떤 동물도 '지나치게' 술을 마셔서는 안 된다"였다.

# 9장

복서의 쪼개진 발굽이 낫는 데는 오랜 시간이 걸렸다. 그들은 축전이 끝난 바로 다음 날부터 다시 풍차를 짓기 시작했다. 복서는 하루도 쉬지 않으려 했고, 아픈 기색을 보이지 않는 것을 영예로 여겼다. 저녁에 클로버에게만 발굽이 굉장히 아프다고 몰래 털어놓았다. 클로버는 약초를 씹어 만든 약으로 발굽을 찜질해주었고, 벤저민과 함께 복서에게 일을 좀 줄이라고 설득했다. "말의 폐라고 영원히 건강한 게 아니라고요." 클로버는 복서에게 말했다. 하지만 복서는 고집불통이었다. 그는 이제 한 가지 목표밖에 없다고 했다. 은퇴하기 전에 풍차 공사가 최대한 진행된 모습을 보고 싶다는 것이다.

처음 동물 농장의 법이 만들어졌을 때, 말과 돼지의 정년은 열두 살, 소는 열네 살, 개는 아홉 살, 양은 일곱 살, 닭과 거위는 나섯 살로 정해서 있었다. 자유 노년 연금 지급도 결정되었다. 아직 실제로 은퇴해서 연금을 받는 동물은 없었지만, 최근 이 문제는 점점 더 많이 논의되고 있었다. 과수원 뒤쪽의 조그만 들판을 보리 경작용으로 정하고 나니, 넓은 목초지의 한 귀퉁이를 울타리로 막아 은퇴한 동물들이 풀을 뜯는 곳으로 쓸 거라는 소문이 돌았다. 말의 연금은 하루 사료 5파운드이고 겨울에는 건초 15파운드이며, 공휴일에는 당근 혹은 사과 하나를 받을 거라고 했다. 복서의 열두 살 생일은 다음 해 늦여름이었다.

그러는 동안도 생활은 힘겨웠다. 겨울은 자년과 다름없이 추웠고, 식량은 훨씬 모자랐다. 또 돼지와 개를 제외한 모든 동물들의 배급량이 줄었다. 지나치게 공평한 배급은 동물주의 원칙과 맞지 않을 거라고 스퀼러는 설명했다. 하여튼 그는 겉으로는 어떻게 보이든지 간에 동물들이 실제로는 식량이 모자라지 '않다'는 것을 전혀 어렵지 않게 증명해 보였다. 당분간은 배급량을 재조정(스퀼러는 늘 '축소' 대신 '재조정'이라는 말을 썼다)할 수밖에 없지만, 존스 시절과 비교하면 사정이 엄청나게 좋아졌다는 것이다. 그는 새된 소리로 재빨리 숫자들을 읽으며, 존스 시절보다 귀리, 건초, 순무를 더 많이 생산했고, 노동시간이 짧아졌으며, 식수의 질도 좋아졌고, 수명은 길어졌으며 새끼들의 생존율이 높아졌고, 우리에는 짚이 많아졌고 벼룩에게도 덜 물린다고 조목조목 증명했다. 동물들은 그의 말을 모두 믿었다. 사실 그들은 존스와, 그가 의미하는 모든 것들을 거의 희미하게 잊어버렸다. 요즘 생활이 힘들고 부족하다는 것, 종종 배가 고프고 추우며, 자지 않을 때면 늘 일을 하고 있다는 것은 잘 알고 있었다. 하지만 분명 예전에는 더 형편없었다. 그렇게 믿는 게 좋았다. 게다가 그 시절에 그들은 노예였지만 지금은 자유로웠고, 스퀼러가 잊지 않고 강조하듯이 그게 가장 큰 차이점이었다.

이제는 먹여야 할 입도 훨씬 늘었다. 가을에 암돼지 네 마리가 동시에 새끼를 낳아서, 모두 서른한 마리의 새끼 돼지들이 태어났다. 새끼 돼지들은 얼룩덜룩했고, 농장에 수퇘지라고는 나폴레옹뿐이니 아버지를 짐작하기란 어렵지 않았다. 벽돌과 목재를 사들인 후 농가 정원에 교실을 짓는다는 발표가 나왔다. 당분간은 나폴레옹이 농가 부엌에서 직접 새끼 돼지들을 가르쳤다. 그들은 정원에서 운동을 했고, 다른 새끼 동물들과는 어울려선 안 된다고 교육받았다. 돼지와 다른 동물이 길에서 마주치면 다른 동물이 비켜서야 한다는 규칙이 제정된 것도 바로 이 무렵이었다. 또 모든 돼지들은 지위 불문하고 일요일에 꼬리에 초록색 리본을 매는 특혜도 누리게 되었다.

농장의 한 해 농사는 꽤 성공적이었지만, 돈은 여전히 부족했다. 교실을 지을 벽돌, 모래, 석회를 구입해야 했고, 풍차에 들어갈 기계 값을 모으기 위해 다시 저축을 시작해야 했다. 농가에서 쓸 등잔용 기름과 초, 나폴레옹의 식탁에 올릴 설탕(그는 살찐다는 이유로 다른 돼지들에게는 설탕을 금지했다), 그외 도구와 못, 끈, 석탄, 철사, 고철, 개 비스킷 같은 소모품들도 필요했다. 그래서 건초 자투리와 감자 일부를 팔고, 달걀 계약도 일주일에 600개로 늘려서, 그해에 암탉들은 암탉 숫자를 유지할 만큼도 병아리를 품지 못했다. 12월에 줄어든 배급량은 2월에 다시 줄어들었고, 기름 절약을 위해 우리에 등을 켜는 것도 금지되었다. 하지만 돼지들은 편안하게 사는 것 같았고, 사실 체중도 늘었다. 2월 말의 어느 오후, 동물들이 한 번도 맡아본 적 없는 짙고 강한 맛 좋은 냄새가 마당으로 퍼져나갔다. 그 냄새는 존스 시절에는 쓰지 않던, 부엌 뒤쪽의 조그만 양조장에서 풍겨 나오고 있었다. 누군가가 이건 보리를 찌는 냄새라고 말했다. 동물들은 걸신들린 듯 킁킁거리며 저녁밥으로 따뜻한 엿기름을 만들고 있는 것일까 궁금해했다. 하지만 따뜻한 엿기름은 나오지 않았고, 다음 일요일이 되자 앞으로 모든 보리는 돼지들 전용으로 한다는 발표가 나왔다. 과수원 뒤편의 들판에는 이미 보리씨가 뿌려졌다. 돼지들은 모두 매일 맥주 1파인트를 배급받는다는 소식이 금세 새어 나왔다. 나폴레옹은 반 갤런씩, 그것도 항상 크라운 더비 수프 접시에 담아서 마신다고 했다.

하지만 아무리 곤궁을 견뎌야 해도, 요즘 생활은 전보다는 훨씬 더 위엄 있었기 때문에 그 정도 어려움은 어느 정도 상쇄되었다. 노래도 더 많이 부르고, 연설도 더 많이 하고, 행진도 더 많이 했다. 나폴레옹은 일주일에 한 번씩 동물 농장의 투쟁과 승리를 치하하는 '자발적 시위'라는 것을 하라고 지시했다. 정해진 시간이 되면 동물들은 일을 멈추고 군대식 대열을 갖추어 농장 구내를 돌며 행진했다. 돼지들이 앞장서고, 그 뒤에는 말, 소, 양, 가금류 순으로 섰다. 개들은 행렬의 측면을 지켰고, 맨 앞에는 나폴레옹의 검은 수평아리가 행진했다. 복서와 클로버는 항상 발굽과 뿔 그림이 있고 "나폴레옹 동지여, 영원하라!"라는 말이 적힌 초록색 깃발을 함께 들고 행진했다. 그 후에는 나폴레옹을 찬양하며 쓴 시들의 암송이 이어졌고, 스퀄러가 최근 식량 생산량 증가에 대한 세부 사항들을 발표하는 연설을 했다. 때로는 축포를 쏘기도 했다. 자발적 시위에 가장 열성적인 동물은 양들이었다. 누군가가 시간 낭비라거나 추위에 오래 서 있는 게 힘들다느니 하며 불평하면(몇몇 동물은 돼지나 개가 주위에 없을 때면 가끔 불평했다), 어김없이 양들이 "네 발 좋아, 두 발 나빠!"라고 커다랗게 소리쳐서 입을 막았다. 하지만 대체로 동물들은 이런 축하 행사를 좋아했다. 자신이 스스로의 주인이며, 스스로를 위해 일하고 있다는 사실을 되새기면 마음이 편안해졌다. 그래서 동물들은 노래와 행진, 스퀄러의 숫자들, 우레 같은 총소리, 수평아리의 울음소리, 펄럭이는 깃발로 허기진 배를 잊을 수 있었다. 적어도 잠시 동안은.

4월에 동물 농장은 공화국을 선언했고, 따라서 대통령을 선출해야 했다. 후보는 나폴레옹 하나였고, 만장일지로 그가 대통령에 선출되었다. 같은 날, 스노볼과 존스의 결탁에 대해 더 자세한 내용이 담긴 새로운 서류가 발견되었다. 이제 보니 스노볼은 동물들이 전에 상상했던 것처럼 전략을 동원해 외양간 전투를 패배시키려고 했을 뿐만 아니라, 공공연하게 존스의 편에서 싸웠던 듯했다. 사실 스노볼은 실제로 인간 무리를 지휘한 대장이었으며, "인간이여, 영원하라!"라고 중얼거리며 돌격했다고 했다. 몇몇 동물들이 봤다고 아직도 기억하고 있는 스노볼의 등 부상은 사실 나폴레옹의 이빨이 낸 상처였다.

한여름에 몇 년 동안 안 보이던 까마귀 모세가 돌연 농장에 다시 나타났다. 그는 변한 게 없었다. 여전히 아무 일도 안 했고, 언제나처럼 슈거캔디 산 타령을 했다. 그루터기에 걸터앉아 검은 날개를 퍼덕이며 들어주는 사람만 있으면 한 시간이고 이야기를 늘어놓았다. "동지들, 저 위엔 말이지." 그는 커다란 부리로 엄숙하게 하늘을 가리키며 말했다. "저 위, 저기 보이는 검은 구름의 반대편에 슈거캔디 산이 있어. 우리 불쌍한 동물들이 영원히 일하고 쉴 수 있는 행복한 나라 말이야!" 그는 심지어 한 번은 아주 높이 날아 올라갔다가 그곳에 가본 적도 있으며, 거기서 끝없는 토끼풀 들판과 아마인 케이크, 각설탕이 자라는 산울타리를 봤다고 주장했다. 많은 동물이 까마귀의 말을 믿었다. 동물들은 생각했다. 지금의 삶은 허기지고 고단하니, 다른 어딘가에 더 나은 세상이 있다면 옳고 공정하지 않을까? 참으로 알 수 없는 것은 모세를 대하는 돼지들의 태도였다. 돼지들은 까마귀의 슈거캔디 산 이야기는 다 헛소리라고 경멸하며 단언했지만, 일도 안 하는 그에게 매일 맥주를 1질*씩이나 주면서 농장에서 살게 해줬다.

발굽이 낫자 복서는 전보다 열심히 일했다. 사실 그해 모든 동물은 노예처럼 일했다. 늘 하는 농장 일과 풍차 재건 작업 외에도, 3월에 시작된 새끼 돼지들의 학교 건설 작업까지 해야 했다. 가끔은 충분히 먹지도 못한 채 오랫동안 일하는 게 견디기 힘들었지만, 복서는 흔들리지 않았다. 그의 말이나 행동에는 힘이 예전만 못하다는 기색이 전혀 없었다. 다만 겉모습만은 약간 변했다. 가죽은 예전처럼 반들거리지 않았고, 커다랗던 궁둥이는 줄어든 것 같았다. 다른 동물들은 "새싹이 나면 복서도 좋아지겠지"라고 말했지만, 새싹이 나도 그는 조금도 살이 찌지 않았다. 가끔 채석장 꼭대기로 올라가는 비탈에서 그가 커다란 돌덩어리의 무게를 근육으로 받치고 있을 때면, 오로지 계속하려는 의지에 의해서만 버티고 있는 것처럼 보였다. 그럴 때면 그는 입술로 "내가 더 열심히 일해야지"라고 달싹거렸지만, 아무런 소리도 내지 못했다. 클로버와 벤저민은 다시한 번 몸조심하라고 경고했지만, 복서는 신경 쓰지 않았다. 그의 열두 번째 생일이 다가오고 있었다. 은퇴하기 전에 돌이 많

*야드파운드법에 의한 부피 단위. 1질은 4분의 1파인트로, 약 140밀리리터 정도다.

이 쌓이기만 한다면 무슨 일이 일어나든 그는 상관없었다.

어느 늦은 여름 저녁, 복서에게 무슨 일이 생겼다는 소문이 갑자기 농장에 돌았다. 그는 풍차에 돌짐을 나르려고 혼자 나갔었다. 과연 소문은 사실이었다. 몇 분 후 비둘기 두 마리가 소식을 갖고 날아왔다. "복서가 쓰러졌어요! 모로 누워 있는데 일어나질 못해요!"

농장의 동물 절반이 풍차가 있는 언덕으로 뛰어갔다. 거기 복서가 수레 굴대를 맨 채 목을 쭉 빼고 고개도 들지 못하고 쓰러져 있었다. 눈에 생기가 없고, 옆구리는 땀범벅이었다. 입에서 한 줄기 피가 가느다랗게 흘렀다. 클로버가 옆에 무릎을 꿇고 앉았다.

"복서! 괜찮아요?" 클로버가 울부짖었다.

"폐 때문이야." 복서는 힘없는 소리로 대답했다. "상관없어. 내가 없어도 다들 풍차를 완성할 수 있을 거야. 돌이 꽤 많이 쌓였으니까. 어쨌거나 난 이제 한 달밖에 안 남았잖아. 솔직히 말하면 은퇴를 많이 기대하고 있었어. 어쩌면 벤저민도 늙었으니 같이 은퇴해서 서로 벗하게 해주겠지."

"당장 도움을 구해야 해." 클로버가 말했다. "누가 뛰어가서 스퀼러에게 상황을 좀 알려."

다른 동물들은 즉시 스퀼러에게 소식을 전하려고 농가로 달려갔다. 클로버와 벤저민만 남았다. 벤저민은 복서 옆에 앉아 아무 말 없이 긴 꼬리로 파리 떼를 쫓아주었다. 15분쯤 지난 후 스퀼러가 걱정과 근심이 가득한 얼굴로 나타났다. 그는 나폴레옹 동지도 농장에서 가장 충실한 일꾼이 이런 불운을 당했다는 소식을 듣고 크게 걱정하고 있으며, 윌링던의 병원에 복서를 보내 치료받을 수 있도록 벌써 조치를 취하고 있다고 했다. 그 말을 듣자 동물들은 마음이 좀 편치 않았다. 몰리와 스노볼 외에 농장을 떠난 동물도 없었고, 아픈 동지를 인간의 손에 맡긴다는 것도 싫었다. 하지만 스퀼러는 농장에서보다 윌링던의 수의사가 복서의 병을 더 잘 치료해줄 거라며 그들을 쉽게 설득시켰다. 약 30분 후, 복서는 약간 기운을 차리고 힘겹게 일어나더니 절룩거리며 우리로 돌아갔다. 클로버와 벤저민이 새로 짚을 깔아 잠자리를 마련해주었다.

다음 이틀 동안 복서는 우리에 남아 있었다. 돼지들은 욕실의 약장에서 찾은, 분홍색 약이 든 커다란 약병을 보냈고, 클로버는 복서에게 하루 두 번씩 식후에 약을 먹였다. 저녁이면 클로버는 복서의 우리에 누워서 말벗을 해주었고, 벤저민은 파리를 쫓아주었다. 복서는 이미 벌어진 일에 대해 안타까워하지 말라고 했다. 잘 회복하면 3년쯤은 더 살 수도 있을 테고, 넓은 목초지 한 귀퉁이에서 보낼 평온한 나날들이 기대된다고 했다. 처음으로 공부도 하고 정신을 계발할 여유 시간도 갖게 될 것이었다. 그는 남은 글자 스물두 개를 배우며 여생을 보낼 작정이라고 했다.

하지만 벤저민과 클로버는 일이 끝난 후에야 복서 곁에 있을 수 있었고, 짐차가 그를 데리러 왔을 때는 한낮이었다. 동물들은 돼지 한 마리의 감독하에 순무 밭의 잡초를 뽑고 있다가, 벤저민이 목이 터져라 울어대며 농장 건물 쪽에서 달려오는 바람에 깜짝 놀랐다. 벤저민이 흥분한 모습을 보는 건 처음이었다. 사실 그가 뛰는 걸 보는 것도 처음이었다. "빨리, 빨리!" 그가 외쳤다. "당장 이리 와! 인간들이 복서를 데려가고 있어!" 동물들은 돼지의 허락을 기다릴 틈도 없이 일손을 놓고는 농장 건물로 달려갔다. 과연 마당에 들어서서 보니, 말 두 필이 끄는 커다란 포장마차가 있었다. 마차 옆면에는 글자가 쓰여 있었고, 낮은 중절모를 쓴 비열한 인상의 사내가 마부석에 앉아 있었다. 그리고 복서의 우리는 비어 있었다.

동물들이 마차 주변에 모여들었다. "잘 가요, 복서!" 그들은 입을 모아 외쳤다. "잘 가요!"

"바보들! 바보들 같으니!" 벤저민은 조그만 발굽으로 땅바닥을 쿵쿵 구르고 마구 날뛰면서 외쳐댔다. "이 바보들아! 마차 옆에 뭐라고 적혀 있는지 안 보여?"

그 말에 동물들은 동작을 멈추고 쥐 죽은 듯 조용해졌다. 뮤리엘이 글자를 하나하나 읽기 시작했다. 하지만 벤저민은 뮤리엘을 밀치고, 소름 끼치는 고요 속에서 글자를 읽어나갔다.

"'앨프리드 시먼스, 윌링던의 말 도살업자 겸 아교 제작자. 가죽과 골분 거래. 개집 공급.' 이게 무슨 말인지 모르겠어? 복서를 폐마 도살업자에게 데려가는 거라고!"

동물들의 입에서 공포의 비명이 터져 나왔다. 그 순간 마부석의 남자가 말들에게 채찍을 휘둘렀고, 마차는 총총걸음으로 마당을 벗어나기 시작했다. 동물들 모두가 목청껏 소리를 지르며 마차를 쫓아갔다. 클로버는 동물들을 헤치고 선두로 뛰쳐나갔다. 마차가 속력을 내기 시작했다. 클로버는 뚱뚱한 다리를 힘껏 움직이며 달리려고 애쓴 끝에 겨우 느린 구보 정도의 속력에 도달했다. "복서!" 클로버가 외쳤다. "복서! 복서! 복서!" 바로 그 순간, 바깥의 소란을 듣기라도 한 듯이 코에 하얀 줄이 나 있는 복서의 얼굴이 마차 뒤 조그만 창에서 나타났다.

"복서!" 클로버가 무시무시한 소리로 외쳤다. "복서! 내려요! 어서 내려! 당신을 죽이려 데려가는 거라고요!"

동물들 모두 "내려요! 복서, 내려요!" 하고 외쳤다. 하지만 마차는 이미 속력을 내서 점점 멀어져갔다. 복서가 클로버의 말을 알아들었는지는 알 수 없었다. 하지만 잠시 후 복서의 얼굴이 창문에서 사라지더니 마차 안에서 발굽으로 미친 듯이 쿵쿵 차는 소리가 들렸다. 그는 발로 차서 빠져나오려 하고 있었다. 복서가 발굽으로 몇 번만 걷어차면 마차 같은 건 산산조각이 나고도 남을 때가 있었다. 하지만 안타깝게도 이제 그런 힘은 사라졌다. 잠시 후 걷어차는 소리가 점점 약해지더니 사라졌다. 동물들은 마차를 모는 말에게 멈추라고 필사적으로 호소하기 시작했다. "동지들, 동지들!" 동물들은 외쳤다. "당신 형제를 죽음으로 몰고 가지 말아요!" 하지만 무슨 일이 벌어지고 있는지 모르는 아둔한 동물들은 그저 귀를 젖히고 걸음을 재촉할 뿐이었다. 복서의 얼굴은 다시는 창에 나타나지 않았다. 누군가 앞서 달려 나가서 다섯 가로대 문을 닫을 생각을 했지만, 너무 늦었다. 순식간에 마차는 대문을 빠져나가 길을 따라 내려가버렸다. 그들은 복서를 다시는 보지 못했다.

사흘 후 복서는 윌링던의 병원에서 말이 받을 수 있는 온갖 보살핌을 다 받았지만 죽고 말았다는 소식이 전달되었다. 스퀄러가 동물들에게 소식을 알리러 왔다. 그는 복서의 마지막 몇 시간을 함께했다고 말했다.

"그렇게 감동적인 광경은 처음 봤습니다!" 스퀄러는 잎발을 들고 눈물을 훔치며 말했다. "난 마지막 순간에 그의 침대 옆에 있었어요. 임종 순간, 복서는 기운이 빠져 거의 말도 못 하고 내 귀에 속삭였어요. 풍차가 끝나기 전에 죽는 게 아쉬울 뿐이라고. 그는 또 속삭였습니다. '전진해, 동지들! 반란의 기치를 걸고 전진해! 동물 농장이여, 영원하라! 나폴레옹 동지여, 영원하라! 나폴레옹은 언제나 옳다!' 그게 그가 남긴 마지막 말이었습니다, 동지들."

여기서 스퀄러의 태도가 갑자기 돌변했다. 그는 잠시 입을 다물고 의심스러운 눈초리로 이쪽저쪽 노려보더니, 계속해서 말했다.

그는 복서가 떠날 때 멍청하고 사악한 소문이 돌았다는 소리를 들었다고 했다. 몇몇 동물들이 복서를 데려간 마차에 '말

도살'이라고 적힌 글자를 보고는 복서가 폐마 도살업자에게 끌려갔다고 성급한 결론을 지었던 것이다. 스퀼러는 그렇게 멍청한 생각을 할 수 있다는 게 믿기지가 않는다고 말했다. 그는 꼬리를 흔들고 펄쩍펄쩍 뛰면서 사랑하는 지도자 나폴레옹 동지가 그 정도밖에 안 된다고 생각했느냐며 분통을 터뜨렸다. 내막은 아주 간단했다. 그 마차는 전에 폐마 도살업자가 쓰던 것을 수의사가 사들인 것으로, 아직 예전 이름을 지우지 못했다는 것이었다. 그래서 오해가 생겼던 것이다.

동물들은 이 말을 듣고 크게 안심했다. 스퀼러가 계속해서 복서의 임종 순간과 복서가 받은 훌륭한 치료, 나폴레옹이 아낌없이 지불한 비싼 약에 대해 자세히 설명하자, 동물들은 마지막 의심을 거두었다. 적어도 복서가 행복하게 죽었다고 생각하자 동지의 죽음에 대한 슬픔도 어느 정도 진정되었다.

다음 일요일 회의 때 나폴레옹이 직접 나타나 복서를 기리는 짧은 연설을 했다. 모두가 애도하는 동지의 시신을 가져와 농장에 매장하지는 못했지만 농가 정원에 있는 월계수로 커다란 화환을 만들어 보내 복서의 무덤 옆에 놓게 했다고 그는 말했다. 그리고 며칠 후 돼지들은 복서를 기리는 추모 연회를 열 작정이라고 했다. 나폴레옹은 복서가 좋아하던 두 가지 좌우명, '내가 더 열심히 일하겠어'와 '나폴레옹은 언제나 옳다'를 상기시키며 연설을 마쳤다. 모든 동물들이 이를 자신의 좌우명으로 삼는 게 좋을 것이라고도 덧붙였다.

연회가 열리던 날, 윌링던에서 식료품상의 짐차가 와서 농가에 커다란 나무 상자를 내려놓았다. 그날 밤 농가에서는 시끄러운 노랫소리가 흘러나오더니, 뒤이어 격렬한 싸움 소리 같은 게 들렸고, 11시쯤에는 유리 깨지는 요란한 소리가 났다. 다음 날 농가에서는 정오까지도 아무도 일어나지 않았다. 그리고 돼지들이 어디선가 돈을 구해 위스키 한 통을 더 샀다는 소문이 돌았다.

# 10장

몇 해가 지났다. 계절이 오갔고, 동물들의 짧은 생애도 흘러갔다. 반란 이전의 옛 시절을 기억하는 동물들도 거의 없어졌다. 클로버와 벤저민, 까마귀 모세, 돼지 몇 마리만이 그 시절을 기억할 뿐이었다.

뮤리엘이 죽었고, 블루벨과 제시, 핀처도 죽었다. 존스도 죽었다. 그는 다른 지방의 술주정뱅이 요양소에서 숨을 거두었다. 복서를 기억하는 건 그를 알던 몇몇뿐이었다. 이제 늙고 뚱뚱한 암말이 된 클로버는 관절이 뻣뻣해졌고 눈에는 눈곱이 자주 꼈다. 정년을 두 해나 지났지만, 사실 은퇴한 동물은 아무도 없었다. 은퇴한 동물을 위해 목초지 한 귀퉁이를 떼어둔다는 이야기는 오래전에 사라졌다. 나폴레옹은 이제 몸무게가 24스톤이나 나가는 성숙한 수퇘지가 되었다. 스퀼러는 너무 뚱뚱해져서 눈도 질 뜨지 못했다. 벤저민 영감만 전과 서의 다름없었다. 주둥이가 좀 더 회색으로 변하고 복서의 죽음 후로 더 침울하고 말수가 줄어든 것만 빼면.

이제 농장에는 동물이 더 많아졌다. 그러나 전에 예상했던 것처럼 엄청나게 증가한 것은 아니었다. 새로 태어난 동물들에게 반란은 구전으로 내려오는 희미한 전통일 뿐이었고, 사들인 동물들은 이곳에 오기 전에는 반란 이야기는 듣지도 못했다. 이제 농장에는 클로버 외에도 말이 세 마리 더 있었다. 그들은 늘씬하고 성실한 좋은 동료들이었지만, 대단히 멍청해서 아무도 'ㄴ' 이상 넘어가질 못했다. 반란과 동물주의 원칙에 대한 이야기들, 특히 거의 어미처럼 존경하는 클로버가 해주는 이야기들은 모두 믿었지만, 제대로 알아들었는지는 의심스러웠다.

농장은 이제 더욱 번성했고 잘 조직되어 있었다. 필킹턴 씨에게 밭 두 개를 사서 땅을 넓히기까지 했다. 마침내 풍차가 성공적으로 완공되었고, 탈곡기와 건초를 올리는 기계가 들어왔으며, 여러 가지 새 건물들도 더 들어섰다. 휨퍼는 이륜마차를 샀다. 하지만 결국 풍차는 전기 발전용으로 사용되지 않았다. 풍차는 곡물을 빻는 데 쓰였고, 꽤 많은 이익을 가져왔다. 동물들은 풍차를 하나 더 짓느라 고생했다. 그 풍차가 완성되면 발전기를 설치할 거라고 했다. 그러나 과거 스노볼의 말을 듣고 동물들이 꿈꾸던 호사, 즉 전등이 달리고 냉수와 온수가 나오는 외양간이나 주 사흘 노동에 대해서는 아무 말도 없었다. 나폴레옹은 그런 생각은 동물주의 정신에 어긋난다고 비판했다. 진정한 행복은 열심히 노동하고 검소하게 사는 데 있다는 것이다.

어쩐지 동물들 자신은 조금도 부유해지지 않는데 농장만 번성하는 것 같았다. 물론 돼지와 개는 제외하고 말이다. 돼지와 개가 워낙 많기 때문일 수도 있다. 그들이 자기 나름대로 일을 하지 않는다는 건 아니다. 농장을 감독하고 조직하는 일은 끝이 없다고, 스퀼러는 지치지도 않고 설명했다. 그 대부분은 다른 동물들은 워낙 무지해서 이해할 수도 없는 일이었다. 예를 들면, 돼지들은 매일 '서류'니 '보고서'니 '의사록'이니 '약관'이니 하는 괴상한 것들을 보느라 엄청난 고생을 해야 한다고 스퀼러는 말했다. 이 커다란 종이들은 글씨로 빽빽하게 채워야 하는데, 그렇게 채우자마자 화로에 넣어 태워버린다고 했다. 이것이 농장의 복지에 가장 중요한 일이라고 스퀼러는 말했다. 그럼에도 불구하고, 돼지도 개들도 자신의 노동으로 먹이를 생산하는 법은 없었다. 게다가 숫자는 대단히 많고 식욕은 언제나 왕성했다.

다른 동물들의 삶은 그들이 아는 한 전과 다를 바 없었다. 언제나 배가 고프고, 짚단에서 잠자며, 샘물을 마시고, 들판에서 노동했다. 겨울이면 추위로 고생했고, 여름이면 파리 떼에 시달렸다. 때로 그중 나이 든 동물들은 흐릿한 기억을 애써 짜내 존스를 추방한 직후의 반란 초기 시절이 지금보다 나았는지 못했는지 가늠해보려 했다. 기억나지가 않았다. 현재의 생활과 비교해볼 거리가 없었다. 가진 것이라고는 스퀼러가 불러주는 숫자들밖에 없었는데, 그 숫자들은 언제나 모든 게 점점 더 나아지고 있다고 증명하고 있었다. 동물들은 그 문제의 답을 찾을 수가 없었고, 어쨌거나 지금은 그런 것을 곰곰이 생각해볼 시간도 없었다. 지난 오랜 세월을 낱낱이 다 기억하고 있다고 주장하는 벤저민 영감은, 과거에도 삶은 대단히 나았던 적도 못했던 적도 없었고 앞으로도 그럴 거라고 공언했다. 허기와 고생, 실망은 삶의 변함없는 법칙이라고 그는 말했다.

그래도 동물들은 희망을 포기하지 않았다. 게다가 그들은 동물 농장의 일원이라는 명예 의식과 특권 의식을 한순간도 잊어버리지 않았다. 아직도 이 나라 전체—영국 전역!—에서 동물이 소유하고 운영하는 농장은 이곳뿐이었다. 모두가, 심지어 새끼들이나 10마일, 20마일 떨어진 곳에서 팔려 온 동물들조차도 그 사실에 경탄했다. 축포 소리를 듣거나 깃대에서 초록색 깃발이 나부끼는 걸 보면 억누를 수 없는 자부심으로 가슴이 부풀어 올랐다. 그럴 때면 늘 영웅적인 옛 시절 이야기를 했다. 존스를 추방하고, 칠계명을 쓰고, 인간 침입자들을 물리친 위대한 전투 이야기를. 그들은 옛 꿈들을 하나도 포기하지 않았다. 메이저 영감이 예언한 동물 공화국, 영국의 푸른 들판이 인간의 발에 밟히지 않게 되는 그 공화국의 꿈을 그들은 아직도 믿고 있었다. 언젠가는 그날이 올 것이다. 금방은 아닐 수도 있고, 지금의 동물들이 살아 있는 동안은 아닐지도 모르지만, 그래도 그날은 올 것이다. 심지어 여기저기서 몰래 〈영국의 동물들〉 곡조를 콧노래로 부르기도 했다. 감히 소리 높여 부르지는 못해도, 어쨌거나 농장 동물들 중 그 노래를 모르는 동물은 아무도 없었다. 생활이 고되고 모든 희망이 다 이루어지진 않았을지 몰라도, 그들은 자신들이 다른 동물들과는 다르다고 생각했다. 배가 고파도, 그것은 포악한 인간들을 먹여야 하기 때문이 아니었다. 일이 고되어도, 적어도 그건 자신을 위한 일이었다. 여기서는 어떤 동물도 두 다리로 걷지 않았다. 여기서는 어떤 동물도 다른 동물을 '주인님'이라고 부르지 않았다. 모든 동물은 평등했다.

초여름 어느 날 스퀼러가 양들에게 따라오라고 명령하더니 농장 끝의 내버려진 땅으로 데려갔다. 거기에는 어린 자작나무가 무성하게 자라 있었다. 양들은 거기서 스퀼러의 감독하에 하루 종일 새잎을 뜯어먹었다. 저녁에 그는 농가로 돌아갔지만, 양들에게는 날씨가 포근하니 거기 있으라고 했다. 결국 양들은 일주일을 꼬박 그곳에서 보냈고, 그동안 다른 동물들은 그들을 전혀 보지 못했다. 스퀼러는 매일 긴 시간을 양들과 보냈다. 그는 양들에게 새 노래를 가르쳤는데, 이 일은 남들이 모르게 해야 한다고 말했다.

양들이 돌아온 직후 어느 상쾌한 저녁, 동물들이 일을 마치고 농장 건물로 돌아오려는데 마당에서 겁에 질린 말 울음소리가 들렸다. 동물들은 깜짝 놀라 우뚝 멈춰 있다. 클로버의 목소리였다. 다시 울음소리가 들리자, 동물들은 모두 마당으로 달려갔다. 그리고 그들도 클로버가 본 것을 목격했다.

돼지가 뒷다리로 걷고 있었다.

그랬다, 스퀼러였다. 그 자세로 엄청난 체구를 지탱하는 것이 익숙하지 않아 좀 어색하긴 해도, 그는 완벽하게 균형을 잡고 마당을 어슬렁거리고 있었다. 잠시 후 농가 문에서 돼지들이 길게 줄지어 나왔다. 다들 뒷다리로 걷고 있었다. 남들보다 좀 더 잘 걷는 돼지들도 있었고, 약간 불안정한 게 지팡이라도 짚는 게 나을 듯한 돼지도 한두 마리 있었지만, 모두 성공적으로 마당을 한 바퀴 돌았다. 마침내 무시무시하게 짖어대는 개들의 외침과 검은 수평아리의 날카로운 울음과 함께 나폴레옹이 나왔다. 그는 위풍당당하게 똑바로 서서 거만한 눈길을 이리저리 던졌다. 개들이 주위에서 빙빙 돌며 뛰었다.

나폴레옹은 앞발에 채찍을 들고 있었다.

마당은 쥐 죽은 듯 조용했다. 놀라고 겁에 질린 동물들은 옹기종기 모인 채, 돼지들이 길게 줄지어 마당을 천천히 한 바퀴 행진하는 광경을 지켜보았다. 세상이 거꾸로 뒤집힌 것만 같았다. 최초의 충격이 가라앉자, 온갖 압박—개들에 대한 공포나, 어떤 일이 일어나도 절대 불평하지도, 비판하지도 않는, 오랜 세월에 걸쳐 생겨난 습관—에도 불구하고 뭔가 항의의 소리가 터져 나올 분위기였다. 그런데 바로 그 순간, 마치 무슨 신호라도 떨어진 듯이 양들이 한꺼번에 커다란 소리로 외쳐댔다.

"네 발 좋아, 두 발 '더 좋아'! 네 발 좋아, 두 발 '더 좋아'! 네 발 좋아, 두 발 '더 좋아'!"

구호는 그치지도 않고 5분이나 계속됐다. 양들이 조용해졌을 무렵 항의할 기회는 사라졌다. 돼지들이 다시 농가로 들어가버렸던 것이다.

누군가 벤저민의 어깨를 코로 비볐다. 뒤를 돌아보니, 클로버였다. 클로버의 늙은 눈은 그 어느 때보다 흐릿했다. 클로버는 아무 말 없이 벤저민의 갈기를 살짝 잡아당겨 칠계명이 쓰인 큰 헛간 끝으로 데리고 갔다. 그들은 흰 글씨가 적힌 타르칠한 벽을 한동안 바라보았다.

"눈이 잘 안 보여요." 마침내 클로버가 입을 열었다. "젊었을 때도 저기 적힌 걸 읽을 수 없긴 했지만. 그래도 내가 보기에 벽 모양새가 뭔가 달라진 것 같아요. 칠계명이 전과 다름없이 적혀 있나요, 벤저민?"

단 한 번 벤저민은 자신의 원칙을 깨고 벽에 적힌 문구를 읽어주었다. 거기에는 이제 하나의 계명밖에 없었다. 바로 이것이었다.


모든 동물은 평등하다

하지만 몇몇 동물은 다른 동물보다 더 평등하다

그다음부터는 농장 일을 감독하는 돼지들이 다음 날 모두 앞발에 채찍을 들고 있어도 이상하게 보이지 않았다. 돼지들이 라디오를 사고, 전화기를 설치하고, 〈존 불〉이나 〈팃빗츠〉, 〈데일리 미러〉*를 정기구독해도 이상하지 않았다. 나폴레옹이 입에 파이프를 물고 농가 정원을 거니는 모습을 봐도 이상하지 않았다. 아니, 심지어 돼지들이 옷장에서 존스 씨의 옷을 꺼내 입거나, 나폴레옹이 검은 코트에 사냥복 바지를 입고 가죽 각반을 차고 등장해도, 나폴레옹의 총애를 받는 암퇘지가 존스 부인이 일요일에 입던 물결무늬 원피스를 입고 나타나도 이상하지 않았다.

일주일 후 오후, 여러 대의 이륜마차가 농장으로 올라왔다. 이웃 농부 대표단이 농장 시찰 초대를 받았던 것이다. 그들은 안내를 받아 농장 곳곳을 돌아보면서 보는 것마다, 무엇보다 특히 풍차에 감탄했다. 동물들은 순무 밭에서 잡초를 뽑고 있었다. 다들 고개 한 번 들지 않고 성실하게 일했다. 돼지들을 더 무서워해야 하는지 인간 방문객들을 더 무서워해야 하는지 알 수가 없었다.

그날 저녁, 농가에서는 요란한 웃음과 노랫소리가 터져 나왔다. 뒤섞인 목소리에 동물들은 갑자기 호기심이 동했다. 동물과 인간이 처음으로 평등하게 만나고 있는 저곳에서는 무슨

*〈존 불〉과 〈팃빗츠〉는 영국의 주간지, 〈데일리 미러〉는 일간지다.

일이 벌어지고 있을까? 동물들은 최대한 소리 내지 않고 일제히 농가 정원으로 기어 들어가기 시작했다.

더 들어가기가 두려워 대문에서 잠시 걸음을 멈추었지만, 클로버가 앞장서서 나아갔다. 다들 발꿈치를 들고 집으로 다가갔다. 키가 큰 동물들은 식당 창문으로 안을 엿볼 수 있었다. 긴 테이블을 둘러싸고 농부 대여섯 명과 고위직 돼지 대여섯 마리가 앉아 있었다. 나폴레옹이 테이블 상석에 앉아 있었다. 돼지들은 의자에 앉는 게 완전히 편한 듯했다. 그들은 카드 게임을 하다가 잠시 멈춘 상태였는데, 건배를 하기 위해서인 듯했다. 커다란 맥주 조끼가 돌고 있었고, 잔에는 술이 채워졌다. 놀란 표정으로 창문 안을 들여다보는 동물들을 아무도 눈치 채지 못했다.

폭스우드의 필킹턴 씨가 술잔을 들고 일어섰다. 그는 잠시 후 참석자들에게 건배를 제안하겠노라고 했다. 하지만 그전에 꼭 해야 할 말이 몇 마디 있다고 했다.

그는 오랜 불신과 오해가 마침내 끝나서 이루 말할 수 없이 만족스럽다고, 이는 다른 참석자들도 마찬가지일 거라고 말했다. 자기나 다른 참석자들은 그런 적 없지만, 이웃 인간들이 동물 농장의 존경스러운 소유자들을 적의라고는 할 수 없지만 약간 우려 섞인 시선으로 바라보던 시절이 있었다. 불행한 사건들이 벌어졌고, 잘못된 생각이 유포되었다. 돼지들이 소유하고 운영하는 농장이 존재한다는 게 뭔가 비정상적이며 이웃에 나쁜 영향을 미칠 거라는 마음들을 가졌었나. 수많은 농부들이 제대로 알아보지도 않고서는 이런 농장에서는 방종과 무질서가 횡행할 거라고 지레짐작했다. 그들은 자기네 동물이나, 나아가 인간 일꾼들에게 나쁜 영향이 미칠까 봐 불안했던 것이다. 하지만 이제 그런 의심은 싹 가셨다. 오늘 그와 친구들은 동물 농장을 방문해서 구석구석까지 직접 시찰해봤다. 그래서 무엇을 발견했나? 최신 방식뿐 아니라 사방의 모든 농부들에게 모범이 될 규율과 질서였다. 그는 동물 농장의 하급 동물들이 이 나라 동물들 중 가장 많이 일하고 가장 적게 먹는다고 확신한다고 말했다. 사실 그와 동료 방문자들은 당장 자기들의 농장에 도입할 여러 가지 면들을 보았노라고 했다.

그는 동물 농장과 이웃들 사이에 존재하는, 또 마땅히 존재해야 하는 우정을 다시 한 번 강조하면서 연설을 맺겠다고 했다. 돼지들과 인간들 사이에는 어떤 이해의 충돌도 없으며, 있을 필요도 없었다. 그들이 투쟁하고 극복해야 할 어려움은 단 하나였다. 노동 문제는 어디서건 똑같지 않은가? 이 시점에서 필킹턴 씨는 공들여 준비한 유머를 구사하려다가 잠시 웃음이 터져 나오는 바람에 말을 하지 못했다. 그는 여러 겹의 턱이 퍼렇게 질리도록 캑캑대다가 가까스로 말을 했다. "당신들에게 싸워야 할 하급 동물들이 있다면, 우리에게는 하층 계급이 있죠!" 이 명언에 테이블에 앉은 사람들은 박장대소를 했고, 필킹턴 씨는 다시 한 번 적은 배급량과 긴 노동 시간, 그리고 동물 농장에서는 응석 따위 볼 수 없었다는 점에 대해 돼지들에게 축하를 보냈다.

그리고 이제 그는 마지막으로 모두에게 일어나서 잔을 채우라고 권했다. "신사 여러분." 필킹턴 씨가 마지막으로 말했다. "신사 여러분, 건배를 제안합니다. 동물 농장의 번영을 위하여!"

모두들 열화와 같은 환호성과 함께 발을 굴렀다. 나폴레옹은 너무나 기쁜 마음에 자리에서 일어나 테이블을 돌아 필킹턴 씨에게 가서 잔을 부딪친 뒤 단숨에 비웠다. 환호성이 잦아들자, 그대로 서 있던 나폴레옹은 자기도 몇 마디 하겠노라고 공표했다.

나폴레옹의 모든 연설이 그렇듯이, 짧고 핵심적인 연설이었다. 그는 자기 역시 오해가 끝나서 기쁘다고 했다. 오랫동안 자신과 동료들의 견해에 뭔가 전복적이고, 심지어 혁명적인 면이 있다는―악의에 찬 적이 퍼뜨린 게 분명한―소문이 돌았다. 다들 자신들이 이웃 농장의 동물들에게 반란을 부추길 거라고 생각했었다. 그건 절대 사실이 아니다! 과거에나 지금에나 자신들의 유일한 바람은 이웃들과 정상적인 거래를 하며 평화롭게 사는 것뿐이다. 그러고는 영광스럽게도 자신이 다스리고 있는 이 농장은 협동기업이라고 덧붙였다. 그가 가지고 있는 권리 증서는 돼지들의 공동 소유라는 것이다.

그는 과거의 의심들이 아직까지도 남아 있다고는 믿지 않지만, 최근 농장에 일어난 몇 가지 변화가 신뢰감을 높이는 효과를 불리올 것이라고 말했다. 지금까지는 농정 동물들이 서로를 '동지'라고 부르는 어리석은 관습이 있었다. 이런 것은 금지되어야 한다. 또한 기원은 알 수 없지만, 일요일 아침마다 정원 기둥에 붙여놓은 수퇘지 두개골 앞을 지나 행진하는 매우 기이한 관습이 있었다. 이 또한 금지될 것이며, 그 두상은 이미 파묻어버렸다. 손님들도 깃대에서 나부끼는 초록색 깃발을 봤을 것이다. 그렇다면, 예전에는 깃발에 흰 발굽과 뿔이 있었지만 이제는 없어진 것도 아마 알아차렸을 것이다. 앞으로는 단순한 초록색 깃발만 쓰게 될 것이다.

그는 필킹턴 씨의 탁월하며 우호적인 여설에 대해 딱 한 가지 비판할 거리가 있다고 말했다. 필킹턴 씨는 내내 '동물 농장'이라는 이름을 썼다. 물론 필킹턴 씨는 '동물 농장'이라는 이름이 폐지되었다는 사실을 알 리가 없다. 나폴레옹 자신이 지금 처음으로 발표하는 사실이니까. 앞으로 이 농장은 '매너 농장'으로 불릴 것이다. 그는 이것이 농장의 올바른 원래 이름이라고 믿는다.

"신사 여러분." 나폴레옹이 마지막으로 말했다. "전처럼 건배를 제안합니다만, 이번에는 좀 다르게 합시다. 잔을 가득 채우십시오. 신사 여러분, 제가 선창하죠. 매너 농장의 번영을 위하여!"

그들은 전처럼 환호성을 지르며 잔을 단숨에 비웠다. 하지만 밖에서 그 광경을 지켜보던 동물들은 뭔가 이상한 일이 벌어지고 있는 듯한 느낌이 들었다. 돼지들의 얼굴에서 뭐가 달라진 거지? 클로버는 늙고 침침한 눈으로 이 얼굴 저 얼굴을 쳐다보았다. 몇몇 돼지들은 턱이 다섯 겹이었고, 네 겹이나 세 겹인 돼지도 있었다. 그런데 흘러내려서 변하고 있는 것처럼 보이는 건 뭘까? 그 순간 박수 소리가 그치더니, 다들 카드를 들고 중단했던 게임을 계속했다. 동물들은 살금살금 그 자리를 빠져나갔다.

그런데 20야드도 못 가서 그들은 우뚝 멈춰 섰다. 농가에서 소란스러운 목소리들이 들려왔던 것이다. 그들은 서둘러 돌아가서 다시 창문 안을 들여다보았다. 그렇다, 격렬한 싸움이 벌어지고 있었다. 그들은 서로 고함을 지르고, 테이블을 내려치고, 의심스러운 눈길로 쏘아보고, 맹렬하게 부인하고 있었다. 나폴레옹과 필킹턴 씨가 동시에 스페이드 에이스 카드를 가지고 있었던 게 싸움의 발단인 것 같았다.

열두 개의 목소리가 고래고래 소리를 지르고 있었지만, 모두가 하나같이 똑같았다. 이제 돼지들의 얼굴이 어떻게 된 것인지 분명해졌다. 창밖의 동물들은 돼지에서 인간, 인간에서 돼지, 다시 돼지에서 인간에게로 시선을 옮겼지만, 이미 어느쪽이 인간이고 어느 쪽이 돼지인지 분간할 수 없었다.

# 《동물 농장》 편지들*

무어 씨에게

편지 감사합니다. 한두 편 정도 더 쓰면 재수록 평론들을 모은 평론집** 분량이 나올 수도 있겠군요. 물론 지금으로선 그 글들은 계획 단계에 불과하지만요. 이미 두 번 실은 글들은 다시 낼 필요가 없을 것 같지만, 이 글들은 가능할 것 같습니다.

〈찰스 디킨스〉(약 1만 2천 자?)

〈웰스와 히틀러, 세계 국가〉(약 2천 자)

---

*《동물 농장》 출판과 관련해 조지 오웰이 그의 에이전트인 레너드 무어에게 보낸 편지와, T. S. 엘리엇이 《동물 농장》의 출간을 거절하며 조지 오웰에게 쓴 편지를 선별해 엮었다. 조지 오웰이 쓴 편지는 1984년 마이클 셸던이 편집한 《동물 농장 편지》를 참고했으며, T. S. 엘리엇이 쓴 편지는 부인 발레리 엘리엇이 1969년 1월 《타임스》에 공개한 편지를 참고했다.
**1946년 세커 앤드 워버그에서 출판된 《평론집(Critical Essays)》을 말한다.

〈러디어드 키플링〉(약 4천 자)

〈W. B. 예이츠〉(약 2천 자)

〈메이페어의 간디〉(약 3천 자)

마지막 네 편은 모두 《호라이즌》*에 실려 있습니다. 또 책들을 구할 수 있으면 미국 잡지에 '래플스'**에 관한 3천 자에서 4천 자 정도 되는 에세이를 쓸 작정입니다. 자유 프랑스 잡지인 《퐁텐》에 셜록 홈스에 관한 2천 자 길이의 에세이도 하나 썼습니다. 이것도 실을 수 있을 것 같지만, 길이를 좀 늘여야 할 것 같군요. 조너선 스위프트와 전보를 통해 나눈 '가상 대화'도 넣고 싶습니다. 그리고 라디오에서 했던 제라드 맨리 홉킨스에 대한 이야기도 좋을 것 같군요.*** 원고를 찾을 수만 있다면 말입니다. 다 합치면 3만 자 내외의 책이 되겠군요.

지금은 너무 일이 많아서 이 일은 준비할 수가 없어요. 지금 책을 하나 쓰는 중인데, 병이 난다거나 하지만 않으면 3월 말까지는 마치려고 합니다. 그 후에는 '사진으로 보는 영국' 시리즈**** 중 하나를 쓰기로 계약이 되어 있어요. 하지만 오래 걸리지는 않을 겁니다.

---

*조지 오웰의 친구이자 이튼 동문인 시릴 코널리가 편집 발행하는 영국의 월간지.
**작가 윌리엄 호닝(아서 코넌 도일의 친척이기도 하다)이 쓴 추리 소설 속의 주인공. 에세이 〈래플스와 블랜디시 양〉은 1944년 《호라이즌》에 발표되었다.
***1941년에서 1943년까지 조지 오웰은 BBC 라디오에서 대(對)인도 방송 프로그램을 담당했다.
****1941년부터 1948년까지 콜린스 사에서 간행한 소책자 형식의 시리즈. 조지 오웰은 이 시리즈의 100번째 책인 《영국인》(1947년)을 썼다.

지금 쓰고 있는 책은 2만 자에서 2만 5천 자 정도로 길이가 굉장히 짧습니다. 동화이지만 정치적 우화이기도 하죠. 출판사를 구하는 게 어려울 수도 있을 겁니다. 골란츠*에는 말해봤자 소용없을 테고, 아마 워버그**도 안 될 겁니다. 하지만 제가 책을 쓰고 있다는 소리를 어딘가 슬쩍 흘려볼 가치는 있겠죠. 혹시 어느 출판사에 종이가 있고 어디가 없는지 알고 있습니까?

1944년 1월 9일
에릭 블레어***


무어 씨에게

이 편지를 받을 즈음에는 제 전보를 받았을 겁니다. 다이얼 출판사****에서 "당장 보내라"는 답신이 왔습니다. 가장 빨리 보낼 방법이 뭔지 모르겠군요. 항공우편이 가장 안전할 것 같지만, 요즈음은 다들 느리니까요. 요즘은 미국 타이핑 수준이 아마 우리보다 더 높으니 원본을 보내는 게 가장 좋을 거라 생각

*《카탈로니아 찬가》와 《사자와 일각수》를 제외한 조지 오웰의 이전 작품들을 출간한 출판사. 대표인 빅터 골란츠는 친소(親蘇)주의 좌파 지식인으로 유명했다.
**《카탈로니아 찬가》를 출간한 세커 앤드 워버그 출판사.
***조지 오웰의 본명.
****뉴욕에 있는 미국 출판사.

했습니다.

골란츠에서는 책을 출판할 수 없다는 편지가 왔습니다. 예상했던 대로죠. 니컬슨 앤드 왓슨의 조건이 어떨지 알아보려고 거기 있는 친구를 만나봤습니다(거기서 다른 원고 한 부를 가지고 갔고, 다음 주에 결과를 알려준다고 했습니다). 한 권 정도야 거기서 낸들 별로 손해 볼 일은 없을 겁니다. 유일한 손해 가능성은 제게 돈을 다 지불하지 않은 상태에서 출판사가 파산해버리는 거겠죠. 그리고 그 문제야 선금을 두둑이 받으면 피할 수 있을 테고요. 재정적 상태가 어떻든지 간에 지적으로는 꽤 훌륭한 출판사예요. 예를 들어, 《포에트리 런던》*을 발간하는 곳도 그곳이고, 식품부 요리책을 성공적으로 출판하기도 했으니까요. 물론 어쩌면 거기서도 이 책을 거절할 수 있지만, 그쪽에서 원한다면 계약을 안 하는 건 바보짓이겠죠. 조건이 좋다면요. (물론 차기작들을 주기로 약속하는 건 현명하지 않겠지만, 골란츠와의 계약이 보호막이 되어줄 겁니다.) 당신도 읽어보면 이 책이 어떤 우화인지 알게 될 테고, 그럼 영국에서 이 책을 출판하려면 우리가 엄청난 난관을 겪어야 하리라는 걸 깨닫게 될 겁니다. 미국에서는 더 쉬울지도 모르지만요. 물론 저는 이 책을 출판하고 싶습니다. 모든 곳에서 다 실패하면, 제가 아는 식자층 대상 소규모 출판사 이곳저곳에 가지고 갈 겁니

*영국의 저명한 문예 잡지.

다. 다이얼 양반들이 거절할 경우 미국 어느 출판사를 알아봐야 할지 모르겠군요. 하지만 《파르티잔 리뷰》에 있는 친구에게 편지를 써서 조언을 구해보려 합니다.* 식자층 출판사들이야 많지만, 이 책의 시각에서 볼 때 어떤 곳이 정치적으로 맞을지 몰라서요. 다이얼 양반들이 수락하는 경우에는 동시 출판을 할 수도 있고, 어쩌면 심지어 미국에서 먼저 출판할 수도 있겠죠? 요즘은 책을 주고받는 일이 거의 없으니 이곳의 판매에 영향을 미치지 않을 겁니다.

'사진으로 보는 영국' 시리즈 책을 막 시작했습니다. 5월 중에 끝낼 것 같아요. 그 후에는 계획 중인 여러 가지 문학론들을 쓸 수 있겠죠.

1944년 4월 5일
에릭 블레어


무어 씨에게

니컬슨 앤드 왓슨에서 《동물 농장》 출판을 거절했습니다. 이유는 골란츠와 마찬가지입니다. 그러니까, 그런 식으로 연합국

---

*오웰은 1941년 1월부터 1946년 여름까지 뉴욕의 잡지인 《파르티잔 리뷰》에 '런던 통신'란을 연재했고, 그곳의 편집자 필립 라브와 친한 사이였다.

의 지도자를 공격하는 긴 고상하지 않다, 뭐 그런 거죠. 이 책이 문제가 많을 거라는 건 알고 있었습니다. 적어도 이 나라에서는 말이죠. 그사이에 전 케이프*에도 원고를 가져갔습니다. 거기 웨지우드 양이 쓰고 있는 게 있으면 보여달라고 종종 말했거든요. 하지만 그쪽에서 똑같은 대답이 나온다 해도 놀라지는 않을 겁니다. 파버**는 가능할 것도 같고, 종이만 있다면 루틀리지***가 더 승산이 있을 것도 같습니다. 케이프에서 원고를 검토하는 동안, 엘리엇과 허버트 리드, 두 사람을 다 타진해보죠. 최근 에어 앤드 스포티스우드에서 출판한 책을 하나 봤는데, 그쪽은 분명 괜찮을 것 같아요. 어쩌면 당신 말대로 제가 번스, 오츠 앤드 위시번과 혼동하고 있는지도 모르지만요. 다른 곳에서 다 거절당하면, 식자층 대상 소규모 출판사에서 출판할 수 있도록 애써보겠습니다. 사실 그게 가장 그럴듯한 방법일지도 모르죠. 시작한 지 얼마 안 됐고 자금도 좀 있는 출판사를 하나 알고 있습니다. 물론 저는 이 책이 출판되길 바랍니다. 이 책에서 하는 이야기는, 요즈음 인기 없는 이야기이긴 하지만 해야 할 이야기거든요.

원고는 미국에 갔겠죠? 당신한테 아직 한 부가 더 있을 것

*1919년 런던에 설립된 조너선 케이프 출판사. 조지 오웰은 이곳의 편집자 베로니카 웨지우드에게 《동물 농장》 원고를 보냈다.
**시인 T. S. 엘리엇이 편집 주간으로 있던 영국의 출판사 파버 앤드 파버.
***시인이자 비평가인 허버트 리드가 문학 고문으로 있던 영국의 출판사.

같은데, 리드를 만날 경우 보여줄 수 있도록 그걸 제가 받는 게 좋겠습니다.

골란츠와 제 판권 상황은 어떻습니까? 필요한 일을 마치고 나면, 그 평론집을 편찬하고 골란츠에서 나왔던 디킨스 에세이를 거기 싣고 싶습니다. 다른 출판사—예를 들어, 케이프라거나—와《동물 농장》계약을 할 경우, 거기서 제 다음 책을 요구할 텐데 그게 평론집이 되겠죠. 그 책은 절판되었는데, 디킨스 에세이를 재수록할 권리가 제게 있습니까?

1944년 4월 15일
에릭 블레어


무어 씨에게

방금 케이프를 만났는데《동물 농장》을 출판하고 싶어 합니다. 잘된 일이죠. 골란츠와의 계약 문제에 관한 세부 사항에 대해서는 당신과 연락해보라고 했습니다. 상황이 어떤지 정말이지 기억이 안 나는군요. 케이프는 제게 그쪽으로 오라고 하는데, 저도 골란츠와의 이 끝도 없는 정치 문제에 질린 나머지 그러고만 싶습니다.* 어쨌든 케이프가《동물 농장》을 출판하는 조건으로 제 차기작들을 달라고 하면, 그렇게 계약해주십시오.

전, 특히 정치적 이유로 이 책이 출판되기를 바랍니다. 하지만 그 대신 케이프에서 이 책을 웬만하면 빨리 출판하도록 계약해 주십시오. 계획 중인 다음 책, 그러니까 재수록 글들은 별 어려움 없이 준비할 수 있을 거라 생각합니다. 계약된 에세이가 세 편 더 있지만 7월 말까지는 다 끝날 테고, 그러고 나면 그 책 작업을 합시다.

1944년 5월 9일

에릭 블레어

추신: 《파르티잔 리뷰》에 있는 친구들에게 《동물 농장》의 원고를 읽고 다이얼이 승낙하지 않으면 어느 출판사가 적당할지 생각해달라고 부탁했습니다. 이쪽에서 케이프처럼 괜찮은 출판사에서 출판된다면 도움이 되겠죠.

---

*골란츠와 오웰은 정치적 입장 차이로 여러 번 갈등을 빚었다. 대표적으로, 골란츠는 《위건 부두로 가는 길》을 자신이 아이디어를 제안하고 출간했음에도 불구하고 영국의 공산주의자들을 비판한 2부 내용을 놓고 오웰과 대립한 끝에 그를 비판하는 서문을 직접 덧붙여 출간했다. 스페인 내전에서 소련 공산주의자들의 행태를 비판한 《카탈로니아 찬가》가 골란츠가 아닌 세커 앤드 워버그에서 출간되어야 했던 것도 같은 이유에서다.

무어 씨에게

케이프 일은 안타깝습니다.* 전 T. S. 엘리엇에게 전화를 걸어 상황을 설명했고, 월요일에 원고 한 부를 보내기로 했습니다.** 이 문제에 관해 엘리엇은 분명 제 편이 되어줄 거라 확신하지만, 엘리엇도 말했듯이 그가 파버 사의 다른 위원들의 마음을 돌리지는 못할지도 모릅니다.

　골란츠와의 계약 문제*** 말입니다. 3만 자가 '장편'이 아니라면 뭐가 장편이란 말입니까? 지금 계약서에 단어 수가 명시되어 있습니까? 그게 아니라면, 골란츠가 생각하는 장편의 길이가 뭔지 명확한 진술을 받을 수 없을까요? 계약서에 뚜렷한 정의도 없이 이런 조항이 있다니 참으로 마음에 들지 않는군요.

1944년 6월 24일
에릭 블레어

---

*조너선 케이프 출판사는 처음에는 《동물 농장》 출간을 수락했으나, 정보국의 의견을 들은 후 "현 시점에서 책을 출간하는 것은 분별없는 행동으로 보일 수 있다"며 거절 편지를 보냈다.
**엘리엇이 원고를 받은 것은 수요일이었다. 이 시점에 오웰의 집이 폭격을 당했고, 오웰은 잔해 속에서 원고를 찾아내야 했기 때문이다.
***골란츠가 오웰의 차기 소설 세 권에 대한 판권을 가지고 있었기 때문에 《동물 농장》 계약 과정은 더 복잡했다. 케이프가 처음 《동물 농장》 출판에 흥미를 보이며 골란츠에 오웰과의 계약 상황을 문의하자, 골란츠는 《동물 농장》은 '소설'도 아니고 소설의 '통상적 길이'보다 짧기 때문에 소설 세 권의 판권은 여전히 유효하다고 답했다.

무어 씨에게

방금 워버그를 만났는데, 《동물 농장》을 1945년 3월경 출판하
겠다고 확실히 동의했습니다. 그러니 아마 당신이 만나서 계약
문제를 논의해도 될 겁니다. 선금으로 100파운드를 지불하기
로 했고, 그중 반은 올해 크리스마스쯤 주기로 했습니다. 제 차
기작들에 대한 선택권은 주겠지만, 다른 곳에서 책을 내고 싶
은 특별한 이유가 있을 경우 저를 구속하지 않을 수 있도록 조
정 가능할 겁니다. 평론집에 들어갈 마지막 에세이를 마쳤습니
다. 최대한 빨리 다 타이핑해서 원고를 보내드리죠. 워버그가
어쩌면 내년까지 못 낼 수도 있으니, 그사이에 미국판을 낼 수
있도록 해봐야 합니다. 다이얼 출판사가 이 책을 보겠다고 요
청했고, 저는 원고를 보내주겠다고 거의 약속했습니다.[*]

1944년 8월 29일
에릭 블레어

추신: 9월 1일자로 제 주소는 '런던 N1 이슬링턴 캐넌버리
광장 1'이지만, 9월 8일까지는 들어가지 않을 수도 있습니다.
그러니 당분간은 《트리뷴》이 가장 안전한 주소입니다.[**]

[*]다이얼 출판사는 미국에서 동물 이야기는 시장성이 없다는 이유로 출간을 거절했
다. 《동물 농장》의 미국 초판은 1946년 하코트 브레이스 사에서 출판되었다.

오웰에게

《동물 농장》에 대해 빨리 결정을 내려주기를 바란다는 걸 잘 알고 있네. 하지만 최소한 위원 두 사람의 의견이 있어야 하는데 그건 일주일 이내에는 불가능해. 하지만 신속하게 처리하기 위해서 위원장에게도 보였어야 했다는 생각이 드는군. 하지만 다른 위원도 핵심에 있어서는 나와 의견이 같네. 우리는 이 책이 뛰어난 작품이고, 우화로 빗댄 솜씨가 매우 훌륭하며, 이야기 또한 독자의 흥미를 잡아끈다는 데 이견이 없어. 이런 걸 성취해낸 작가는 《걸리버 여행기》 이후로 거의 없다고 보네.

한데 다른 면에서 보면, 우리는 이것이 현재 정치적 상황을 올바른 시각에서 비판하는 것인지에 대해서는 확신이 없네(다른 위원들도 마찬가지일 걸세). 그저 상업적 성공만이 아닌 다른 관심사와 동기를 가지고 있다고 자부하는 출판사라면 마땅히 당대의 시류에 맞서는 책들을 출판해야겠지만, 그럴 때마다 회사에서 적어도 한 사람은 이 책이 지금 이 순간 필요한 이야기를 하고 있다는 확신을 가져야만 하네. 나는 이 책이 말하고자 하는 바에 대한 믿음만 있다면 신중이나 조심을 이유로 출판을 막을 이유가 없다고 생각해.

이 우화에 대해 내가 느낀 불만은 그 효과가 단지 부정에만

** 오웰은 1943년 11월부터 1945년 2월까지 《트리뷴》의 문학 편집자였다.

치우쳐 있기 때문일세. 작품은 무언가에 대한 작가의 반대뿐만 아니라 작가가 바라는 바에 대해 공감을 불러일으켜야 해. 그런데 그 긍정적 시각이, 내가 보기에는 대체로 트로츠키파인 것으로 보이는데, 별로 설득력이 없어. 자네는 양쪽 어디에서도 강한 지지를 얻지 못하고 지지표만 쪼개고 있다고 보네. 그러니까, 순수한 공산주의의 시각에서 소련의 행보를 비판하는 사람들과 그와는 매우 다른 시각에서 군소 국가들의 미래를 우려하는 사람들 말일세. 결국 자네의 돼지들은 다른 동물들보다 훨씬 똑똑하고, 따라서 농장 운영에 가장 적합한 동물들 아닌가. 사실 그 돼지들이 없었다면 동물 농장은 존재할 수도 없었을 걸세. 그러니 (누군가는 이렇게 주장할 수도 있네) 모자랐던 건 공산주의가 아니라 민중적인 돼지들이라고.

나도 매우 유감스럽네. 이 책을 출판하는 회사가 자연히 자네의 향후 작품들을 출판할 기회를 가질 테니까. 나는 자네 작품을 높이 평가하네. 근본적 고결함을 갖춘 좋은 글이기 때문일세.

1944년 7월 13일

T. S. 엘리엇

# 《동물 농장》 작가 서문: 언론의 자유*

이 책의 주요 착상을 떠올린 건 1937년이었지만 실제로 쓴 것은 1943년 말이 다 되어서였다. 책을 쓸 무렵에는 (책 기근으로 말미암아 책 모양만 하고 있으면 뭐든지 '팔릴' 게 확실한 상황이었음에도 불구하고) 출판이 절대 녹록치 않으리라는 게 분명해졌고, 결국 네 군데 출판사에서 출판을 거절당했다. 이념적 이유로 거절했던 것은 그중 한 군데뿐이었다. 두 출판사에서는 여러 해 동안 반러시아 서적들을 출판해왔고, 나머지 하나는 뚜렷한 정치적 색채가 없는 곳이었으니까. 한 출판사는

*영국 언론과 문단의 자발적 검열 풍조를 비판하는 이 비분강개한 어조의 에세이는 오웰이 여러 출판사에서 잇달아 출판을 거부당하면서 거의 자비 출판까지 마음을 먹고 있던 시기에 《동물 농장》의 서문으로 넣으려고 쓴 글이지만, 세커 앤드 워버그에서 책을 출판하겠다고 나서면서 마지막 순간에 누락되었다. 오웰의 원고는 몇 년 후에 발견되었고, 오웰 연구학자 버나드 크릭의 소개글 〈이 에세이는 어떻게 쓰이게 되었나〉와 함께 1972년 9월 15일자 《타임스》에 처음으로 실렸다.

사실 처음에는 수락했지만, 준비 작업을 한 후 정보국의 의견을 들어봤더니 거기서 출판하지 말라고 경고를, 아니 어쨌거나 강하게 만류했던 것 같았다. 다음은 거절 편지의 일부다.

《동물 농장》과 관련하여 정보국의 주요 인사가 보인 반응에 대해 말씀드렸었죠. 솔직히 그 의견을 듣고 저는 심각하게 고민했습니다. (……) 이 책을 현 시점에 출판하는 게 상당히 분별없는 행동으로 보일 수 있다는 걸 이제 알겠습니다. 만약 이 우화가 보통일반적인 독재자나 독재 정치에 대한 것이라면 출판해도 상관없겠죠. 하지만 이제 보니 이 우화는 러시아 소비에트 공화국 연방과 그 두 독재자들의 경과를 너무나 고스란히 따라가고 있어서 다른 독재 정권들은 배제한 채 오로지 러시아에만 적용될 수 있는 이야기더군요. 또 하나 문제가 있습니다. 우화 속의 지배계급이 돼지들이 아니었다면 불쾌감이 덜할 것 같아요. 돼지들을 지배계급으로 설정한 것에 분명 많은 사람들이 불쾌해할 테고, 러시아인들처럼 다소 과민한 사람들은 특히 그럴 겁니다.*

이런 건 좋은 조짐이 아니다. (누구도 반대하지 않을 전시 안보 검열을 제외하고는) 정부 당국이 공식적으로 후원하지 않는 책들을 검열하는 것은 분명 바람직하지 않다. 하지만 지금

*1944년 6월 19일 조너선 케이프가 조지 오웰의 에이전트인 레너드 무어에게 보낸 편지.

이 시점에서 생각과 연설의 자유의 가장 큰 적은 정보국이나 다른 정부 기관의 직접적인 간섭이 아니다. 출판사와 편집자들이 특정 주제들의 출판을 꺼린다면, 그건 그들이 고소를 두려워해서가 아니라 여론을 두려워하기 때문이다. 이 나라에서 작가나 언론인들이 대면해야 할 최악의 적은 지적 비겁함이며, 이 사실에 대해서는 마땅한 토론이 이루어진 적이 없었다고 생각한다.

언론계에서 일해본 공정한 사람이라면, 이번 전쟁 중 '관제' 검열이 대단히 진절머리 날 정도는 아니었다고 인정할 것이다. 응당 있을 법도 한 전체주의적 '조정'은 없었다. 정당한 불만 사항들이야 있지만, 정부는 대체로 점잖게 행동했고 소수 의견에 대해서도 놀라울 정도의 관용을 보여주었다. 영국의 저작 검열의 불길한 점은 검열이 대체로 자발적으로 이루어진다는 사실이다.

인기 없는 의견들과 불편한 사실들은 공식적인 금지 없이도 침묵당하고 덮일 수 있다. 외국에서 오래 산 사람이라면 다들 충격적인 소식, 그 자체로 엄청난 헤드라인이 될 수 있는 사건들이 영국 언론에서는 즉시 사라지는 모습들을 보았을 것이다. 정부가 개입해서가 아니라 그 특정 사실을 언급하는 것이 '적절하지 않다'는 보편적인 암묵적 동의 때문이다. 일간신문에 관한 한, 이는 이해하기 쉽다. 영국 언론은 극도로 중앙집권화되어 있으며, 언론사 대부분은 특정 주요 사안을 보도하지 않을 동기가 충분한 부유층이 소유하고 있기 때문이다. 하지만 같은 식의 숨겨진 검열이 연극이나 영화, 라디오뿐만 아니라 책과 정기간행물에서도 이루어진다. 어느 때건 정통이라는 것, 즉 제대로 된 사고를 갖춘 사람이라면 누구나 의문 없이 받아들일 것으로 간주되는 일군의 의견들이 있다. 이러저러한 의견들을 말하는 것이 딱히 금지된 것은 아니지만, 그런 말을 하는 것은 '부적절'하다. 마치 빅토리아 시대 중기에 숙녀 앞에서 바지 이야기를 하는 것이 '부적절'한 것처럼 말이다. 이러한 정통에 도전하는 사람들은 놀랄 만큼 효율적으로 묵살당한다. 전적으로 유행에서 벗어난 의견은 대중 언론에서건 식자층 대상 정기간행물에서건 거의 절대로 발언의 기회를 얻지 못한다.

현 시점에서 정통이 요구하는 것은 소비에트 러시아에 대한 무비판적인 숭상이다. 모두가 이 사실을 알고 있으며, 거의 모두가 그에 따라 행동한다. 소비에트 정권에 대해 심각하게 비판하거나 소비에트 정부가 감추고 싶어 할 사항을 폭로하는 일이라면, 거의 어떤 것도 지면에 실릴 수 없다. 특이한 점은, 우리의 동맹국에 아첨하려는 이 전국적 음모가 진정한 지적 관용의 풍토에서 이루어지고 있다는 것이다. 소비에트 정부를 비판하는 것은 허락되지 않지만, 적어도 우리 정부에 대한 비판은 상당히 자유롭게 할 수 있다. 스탈린에 대한 공격은 누구도 실어주지 않겠지만, 처칠을 공격하는 것은 꽤 안전하다. 적어도 책이나 정기간행물에서라면 말이다. 5년의 전쟁 기간 내내, 그리고 그중 국가의 존립을 놓고 싸우던 2, 3년 동안, 평화 협상을 옹호하는 수많은 책과 팸플릿, 논설들이 아무런 방해 없이 출판됐다. 더구나 이 글들이 엄청난 비난을 야기하지도 않았다. 소비에트 사회주의 공화국 연방의 위신이 걸린 문제가 아닌 한, 자유 언론의 원칙은 상당히 잘 지켜졌다. 그 외 다른 금지 주제들도 있고 그중 일부에 대해서는 곧 언급도 하겠지만, 단연코 가장 심각한 징후는 소비에트 사회주의 공화국 연방에 대한 태도다. 이러한 태도는 자발적이며 어떤 압력집단의 작용에 의한 것도 아니다.

1941년 이래 대다수 영국 지식인들이 러시아의 정치 선전을 비굴하게 삼켜 되풀이해온 행태는, 이들이 그 이전 몇몇 경우에도 비슷한 행동을 하지 않았다면 꽤나 놀라운 일이었을 것이다. 논쟁적 사안이 생길 때마다, 그들은 검토하지도 않고 러시아의 시각을 받아들였고 역사적 진실이나 지적 체면 같은 건 조금도 고려하지 않고 발표했다. 한 가지 경우만 예를 들자면, 붉은 군대 25주년을 축하하는 BBC 방송은 트로츠키에 대해서는 일언반구도 언급하지 않았다. 이는 넬슨을 전혀 언급하지 않고 트라팔가 전투를 기념하는 것과 다름없는 짓이지만, 영국 지식인들은 어떤 항의도 하지 않았다. 여러 점령 국가의 내부 투쟁 문제에 있어서 영국 언론은 거의 모든 경우 러시아가 지지하는 파의 편을 들고 반대파를 비방했으며, 때로는 그 과정에서 물적 증거를 감추기도 했다. 지독하게 뻔뻔한 일례는 유고슬라비아 유격대장이었던 미하일로비치 대령*의 경우다. 티토 사령관을 유고슬라비아의 수하로 둔 러시아는 미하일로비치가 독일과 협력하고 있다고 고발했다. 영국 언론은 이 고발을 냉큼 접수했다. 미하일로비치의 지지자들은 대답할 기회조차 얻지 못했고, 이에 반하는 사실들은 아무 데도 실리지 못했다. 1943년 7월, 독일은 티토를 생포하는 자에게 금화 10만 크라운의 보상금을, 미하일로비치를 생포하는 자에게도 그 비슷한 보상금을 내걸었다. 영국 언론은 티토에 대한 보상금을 '대서특필'했지만, 미하일로비치에 대한 보상금을 (작은 글씨로나마) 언급한 신문은 한 군데뿐이었고, 그가 독일과 협력했다는 비난은 계속해서 이어졌다. 스페인 내전 중에도 매우 흡사한 일들이 있었다. 그때도 러시아의 적인 공화주의 파벌들은 영국 좌파 언론에서 무자비하게 비난받았으며, 그들의 입장을 옹호하려는 글은 편지조차 출판을 거부당했다. 오늘날에는 소비에트 사회주의 공화국 연방에 대한 심각한 비판만 비난받는 게 아니라 그런 비판이 존재한다는 사실마저도 몇몇 경우 비밀에 부쳐진다. 예를 들어, 사망 직전 트로츠키는 스탈린의 전기를 썼다. 그 책의 시각이 완전히 공평무사하다고는 볼 수 없겠지만, 잘 팔리리라는 것은 자명한 일이다. 한 미국 출판사에서 그 책을 펴내기로 했는데, 책이 인쇄에 들어갔을 때—논평

*독일의 유고슬라비아 침공에 맞서 항독의용군을 조직해 싸웠으나, 라이벌 세력인 티토와 대립하다 티토의 군대에 체포되어 독일군과 협력하였다는 죄목으로 총살되었다.

용 책들이 이미 사방으로 나간 후였다—소비에트 사회주의 공화국 연방이 전쟁에 참여했다. 책은 즉시 회수되었다. 그런 책이 있으며 그 책의 출판이 금지되었다는 사실은 분명 몇 문단 정도는 쓸 만한 기삿거리였음에도, 영국 언론은 이에 대해 일언반구도 언급하지 않았다.

영국 지식인들이 자발적으로 스스로에게 강제하는 검열과 압력집단들이 때때로 강제로 행사하는 검열을 구분하는 것은 중요하다. 잘 알려져 있다시피, 어떤 주제들은 '기득권' 때문에 논외 대상이 된다. 가장 유명한 예는 특허의약품 장사다. 또 가톨릭교회도 언론에 대단한 영향력을 미쳐서 가톨릭에 대한 비판을 어느 정도는 막을 수 있다. 가톨릭 신부가 연루된 추문은 거의 보도되지 않지만, 성공회 신부(예를 들어, 스티프키 교구목사*)가 문제를 일으키면 1면 기사가 된다. 반가톨릭적 이야기가 무대에 오르거나 영화화되는 일은 극히 드물다. 가톨릭교회를 공격하거나 조롱하는 연극이나 영화는 언론의 배척을 받기 십상이며 아마도 실패하게 되리라는 것은 어떤 배우라도 알 수 있다. 하지만 이런 일들은 무해하고 적어도 이해할 수는 있다. 대규모 조직이라면 다들 최대한 스스로의 이익을 지키려 할 것이고, 공공연한 선전이 반대할 일은 아니다. 〈가톨릭 헤럴드〉가 교황을 매도할 리 없듯이 〈데일리 워커〉**가 소비에

*도덕성 문제로 재판 끝에 성직을 박탈당한 헤럴드 프랜시스 데이비슨을 말한다.
**미국과 영국의 공산당 기관지.

트 사회주의 공화국 연방에 불리한 사실을 발표할 리 없다. 하지만 생각이 있는 사람이라면 다들 〈데일리 워커〉와 〈가톨릭 헤럴드〉가 어떤 신문인지 그 실체를 알고 있다. 우려스러운 점은, 소비에트 사회주의 공화국 연방과 그 정책에 관한 한 자유주의 작가들과 언론인들로부터는 지적 비판은커녕 많은 경우 정직함조차 기대할 수 없다는 것이다. 거짓을 말하라는 직접적 압력을 받는 것도 아니면서 말이다. 스탈린은 신성불가침이며, 그의 정책의 어떤 측면들도 진지한 토론의 대상이 되어서는 안 된다. 이 법칙은 1941년 이래 거의 도처에서 지켜왔지만, 그보다 10년 전부터 생각보다 더 많이 작동되었다. 그 시기 내내 '좌파 측에서' 소비에트 정권을 비판하는 모습은 좀처럼 보기 힘들었다. 반러시아 저술은 엄청나게 나왔지만, 그 대부분은 보수파 시각에서 나온 글들로, 명백한 거짓이거나 케케묵었거나 지저분한 동기에서 시작된 것들이었다. 그 반대쪽에서는 거의 똑같이 거짓으로 가득 찬 친러시아 선전글들과 극히 중요한 문제들을 성숙한 자세로 논의하려는 사람들은 모두 배척하는 글들이 그 못지않게 쏟아졌다. 사실 반러시아 서적들을 출판할 수는 있겠지만, 그런 짓을 하면 백발백중 거의 모든 식자층 출판사로부터 무시당하거나 오해받았다. 그런 짓은 '부적절'하다는 경고를 공공연히, 또한 은밀히 받는 것이다. 그 책에 실린 말들이 옳을 수도 있겠지만, 그런 책을 출판하는 것은 '시기적으로 부적절'하며 이런저런 반동주의자들의 '손아귀에서 놀아나는' 일이었다. 이러한 태도는 주로 국제적 상황과 영국-러시아 동맹이 절실히 필요하다는 이유로 옹호되었지만, 그것이 합리화에 불과하다는 것은 명백했다. 영국의 지식인들, 혹은 그 대다수의 지식인들은 소비에트 사회주의 공화국 연방에 대해 국가적 충성심을 지녔고, 스탈린의 지혜를 조금이라도 의심하는 것은 일종의 불경이라고 생각했다. 러시아에서 일어나는 일들과 다른 곳에서 일어나는 일들은 다른 기준으로 판단해야 했다. 평생 사형제에 반대하던 사람들도 1936년에서 1938년 숙청 때 벌어진 끝없는 처형에 박수갈채를 보냈다. 인도에 기근이 들었을 때 이를 보도하는 것과 우크라이나에 기근이 들었을 때 이를 숨기는 것은 똑같이 마땅한 일로 간주되었다. 전쟁 전 이런 일이 사실이었다면, 지금도 지적 풍토는 분명히 전혀 달라지지 않았다.

하지만 이제 내 책 이야기로 돌아가보자. 대부분의 영국 지식인들은 이 책에 대해 매우 단순한 반응을 보일 것이다. 그들은 '이 책은 출판되지 않았어야 했다'고 말할 것이다. 명예 훼손의 기술을 잘 알고 있는 평론가들은 당연히 정치적 이유에서가 아니라 문학적 이유에서 이 책을 공격할 것이다. 이 책이 지루하고 어리석으며 수치스러운 종이 낭비라고 할 것이다. 그말이 맞을 수도 있지만, 분명 그 이유가 다는 아니다. 사람들은 책이 나쁘다는 이유만으로 '출판되지 않았어야 했다'고 말하지는 않는다. 결국 나날이 엄청난 쓰레기들이 출판되지만, 누구도 신경 쓰지 않는다. 영국 지식인, 혹은 그 내다수의 시식인은 이 책이 그들의 지도자를 비방하고 (자기들이 보기에) 진보의 대의를 망치고 있기 때문에 반대하는 것이다. 그 반대의 경우 라면, 문학적으로 열 배는 더 지독한 단점을 가지고 있다 하더 라도 반대할 이유가 없을 것이다. 레프트북클럽*이 4, 5년 만에 성공한 것만 봐도, 원하는 이야기를 들려주기만 하면 이들이 상 스럽고 엉성한 글들도 얼마나 기꺼이 참을 수 있는지 잘 알 수 있다.

여기에 수반되는 문제는 매우 단순하다. 아무리 인기 없는— 심지어 아무리 바보 같은—의견이라도, 모든 의견은 발언 자 격을 갖는 것일까? 이렇게 질문하면, 영국의 지식인이라면 누 구나 '그렇다'라고 대답해야 한다는 생각이 들 것이다. 하지만 구체적으로 물어보자. "스탈린에 대한 공격은 어떤가? '그것' 도 발언할 기회를 쥐야 하는가?" 그렇다면 대답은 십중팔구 '아니오'일 것이다. 그 경우 현재의 정통이 도전받게 되고, 그 러면 발언의 자유라는 원칙은 퇴보한다. 자, 발언과 언론의 자 유를 요구한다고 해서, 절대적 자유를 요구하는 것은 아니다. 조직화된 사회가 지속되려면 어느 정도의 검열은 항상 있을 게 틀림없고, 어쨌거나 앞으로도 늘 있을 것이다. 하지만 로자 룩

*오웰의 출판인이던 빅터 골란츠 등이 1936년 영국의 좌파를 교육할 목적으로 설 립한 북클럽. 회원 수는 예상을 훨씬 초과하여 1년 만에 4만 명, 1939년에는 5만 7 천 명에 달했다.

셈부르크가 말했듯이, 자유란 "다른 사람들을 위한 자유"다. 같은 원칙이 볼테르의 유명한 말에도 담겨 있다. "나는 당신의 말이 싫지만, 당신이 그 말을 할 권리를 죽을 때까지 옹호하겠소." 서구 문명의 특징인 지적 자유에 어떤 의미가 있다면, 그것은 나머지 공동체에 명백한 방식으로 해를 끼치지 않는 한, 자신이 진실이라고 믿는 바를 말하고 출판할 권리가 모든 이에게 있다는 것을 의미한다. 자본주의 민주주의와 서구식 사회주의 모두 최근까지도 그 원칙을 당연한 것으로 여겼다. 앞서 지적했다시피, 우리 정부도 여전히 이를 존중하는 시늉을 하고 있다. 거리의 보통 사람들도 여전히 '모든 사람들에게는 자신의 의견을 말할 권리가 있다'는 의견을 막연히 가지고 있다. (그 부분적 이유는, 아량을 보이지 않을 정도로 충분한 관심이 없기 때문일 수도 있다.) 실천뿐만 아니라 이론상으로도 이 원칙을 경멸하기 시작하는 이들은, 오직 혹은 주로 문단과 과학 분야의 지식인들, 자유의 수호자가 되어야 할 바로 그 사람들뿐이다.

우리 시대의 가장 특이한 현상은 변절한 자유주의자들이다. 이제는 '부르주아적 자유'는 환상이라는 흔한 마르크스주의 주장이 아니라, 민주주의는 오로지 전체주의적 방식으로만 수호할 수 있다고 주장하는 풍조가 널리 퍼져 있다. 민주주의를 사랑한다면 어떤 수단을 써서라도 그 적들을 무찔러야 한다고, 이 논리는 주장한다. 그렇다면 누가 민주주의의 적들인가? 언제나 그들은 민주주의를 공공연히 의식적으로 공격하는 자들 뿐만이 아니라 잘못된 교리를 퍼뜨림으로써 '객관적으로' 민주주의를 위험에 빠뜨리는 사람들인 것 같다. 다시 말해서, 민주주의를 수호하기 위해서는 모든 독립적 사고를 파괴해야 한다. 예를 들어, 이런 식의 논리는 러시아 대숙청을 합리화하는 데도 동원되었다. 가장 열렬한 러시아 추종자들조차도 숙청에서 희생된 모든 사람들이 고발당한 죄들을 다 저질렀다고 믿지는 않았다. 하지만 그들은 이단적 의견을 가짐으로써 '객관적으로' 정권에 해를 입혔고, 따라서 그들을 학살하는 것뿐만 아니라 거짓 고발로 그들의 평판을 더럽히는 것도 옳다는 것이다. 같은 논리는 스페인 내전 때 좌파 언론이 트로츠키파와 다른 소수파 공화주의자들에 대해 의식적으로 유포한 거짓말을 합리화하는 데도 사용되었다. 그리고 이는 1943년 모슬리*가 석방될 때 인신보호법**에 거세게 반대하는 이유가 되기도 했다.

이들은 전체주의적 방식을 장려할 경우, 언젠가는 이 방식이 자신들 편에서가 아니라 자신들 반대편에서 사용될 날이 올지도 모른다는 것을 보지 못한다. 번번이 파시스트들을 재판 없이 투옥한다면, 어쩌면 그 과정은 파시스트만으로 그치지 않을지도 모른다. 발행이 금지되었던 〈데일리 워커〉가 복권된 직후, 런던 남부 노동자 대학에서 강연을 한 적이 있다. 청

---

*영국 파시스트 정당을 창립한 친나치주의자 오스왈드 모슬리.
**부당한 구금에 따른 인권 침해를 막기 위해 1679년 영국에서 제정한 법.

중은 노동자와 하층계급 지식인들—레프트북클럽 지부에서 흔히 볼 수 있는 그런 청중—이었다. 강연의 주제는 언론의 자유였는데, 마지막에 몇 사람이 일어나더니 놀랍게도 이런 질문을 했다. "〈데일리 워커〉의 발행 금지가 풀린 것이 커다란 실수라고 생각하지 않습니까?" 왜냐고 묻자, 그들은 그 신문은 태도가 모호하기 때문에 전시에는 허용되어서는 안 된다고 대답했다. 결국 나는 몇 번이나 정도를 넘어서서 나를 비방한 전례가 있던 〈데일리 워커〉를 옹호하는 입장에 놓이게 됐다. 하지만 이 사람들은 어디서 이렇게 기본적으로 전체주의적인 사고방식을 배운 것일까? 분명 공산주의자들로부터 배운 것이다! 관용과 예의가 영국 사회 깊이 뿌리박혀 있긴 해도 파괴될 수 없는 것은 아니며, 어느 정도는 의식적으로 노력해서 지켜야만 한다. 전체주의적 교리를 설교하면, 자유인들에게 무엇이 위험하고 무엇이 위험하지 않은지 깨닫게 하는 본능이 약화되는 결과가 초래된다. 모슬리의 경우가 이를 잘 보여준다. 1940년에는 모슬리가 법률상 범죄를 저질렀건 아니건 그를 구금하는 것이 전적으로 옳았다. 우리는 목숨을 걸고 싸우고 있는 상황이었으니 매국노일지도 모르는 자가 멋대로 돌아다니도록 할 수는 없었다. 하지만 1943년 그를 재판 없이 구금하는 것은 불법이었다. 대부분의 사람들이 이를 깨닫지 못한 것은 좋지 않은 징후였다. 물론 모슬리의 석방에 반대하는 소란의 일부는 가짜였고, 일부는 다른 불만 사항들을 합리화하는 것이었다. 하지만 파시스트적 사고방식으로 기울고 있는 현재 상황의 어느 정도가 과거 10년의 '반파시즘'과 그에 수반된 파렴치함에서 기인한 것일까?

러시아에 대한 현재의 열광은 서구 자유주의 전통의 전반적 약화를 보여주는 징후임을 깨닫는 것이 중요하다. 정보국에서 끼어들어 이 책의 출판을 명확하게 거부했다 하더라도, 대다수 영국 지식인들은 이 일을 불안하게 여기지 않을 것이다. 소비에트 사회주의 공화국 연방에 대한 무비판적 충성이 현재의 정통이 되었으니, 소위 소비에트의 이해가 걸린 문제라면 그들은 검열뿐만 아니라 역사의 고의적 위조도 기꺼이 묵인할 태세다. 한 가지 예를 들어보자.《세계를 뒤흔든 열흘》—러시아 혁명의 처음 며칠간을 직접 체험하고 저술한 책—의 저자 존 리드가 사망했을 때, 책의 저작권은 리드가 책을 유증한 영국 공산당의 손에 넘어왔다. 몇 년 후 영국 공산당은 이 책의 원본을 완전히 파기해버리고는, 트로츠키에 대한 언급을 없애고 레닌이 쓴 서문도 빼버린 후 제멋대로 고친 판본을 내놓았다. 급진적 지식인이 아직 영국에 존재했다면, 이러한 위조 행위는 이 나라의 모든 신문에서 폭로되고 고발당했을 것이다. 하지만 실제로는 항의라곤 거의, 아니 조금도 없었다. 많은 영국 지식인들은 이를 자연스럽게 받아들이는 것 같았다. 이렇게 명백한 거짓을 허용하는 행태가 현재 러시아 숭배가 유행한다는 것보다 훨씬 더 의미심장하다. 아마도 러시아 숭배 유행은 오래가지 않을 것이다. 내가 아는 한 이 책이 출판될 때쯤이면, 소비에트 정권에 대한 내 견해가 일반적인 견해가 되었을 수도 있다. 하지만 그게 그 자체로 무슨 소용이 있겠는가? 하나의 정통이 다른 정통으로 바뀌는 것이 반드시 진보는 아니다. 우리의 적은 축음기 정신, 즉 지금 돌아가고 있는 판에 동의하느냐 아니냐를 최우선으로 삼는 태도다.

나는 생각과 말의 자유에 반하는 온갖 논리들, 즉 자유가 존재할 수 없다고 주장하는 논리와 존재해서는 안 된다고 주장하는 논리를 잘 알고 있다. 나는 그저 그 주장들이 내게는 전혀 설득력이 없으며, 400년이 넘는 우리 문명은 그 반대의 입장 위에 건설되었다고 대답하겠다. 지난 10년 동안 나는 현 러시아 정권이 대체로 악한 정권이라고 믿어왔다. 소비에트 사회주의 공화국 연방과 우리가 지금의 전쟁에서 동맹이며 나 역시 이 전쟁의 승리를 바라고 있음에도 나는 이 의견을 말할 권리를 주장한다. 내 주장의 정당성을 증명하기 위하여 한 구절을 고른다면, 다음 밀턴의 구절을 고르겠다.

잘 알려진 오랜 자유의 법칙에 의하여*

'오랜'이라는 단어는, 지적 자유는 뿌리 깊은 전통이며, 그것

*《실락원》으로 유명한 영국의 시인 존 밀턴의 소네트 12번에서 인용.

없이는 우리 서구 문화의 존재가 의심스러울 수밖에 없음을 강조한다. 그런데 우리의 많은 지식인들이 그 전통으로부터 명백하게 등을 돌리고 있다. 그들은 책이 그 가치가 아니라 정치적 편의주의에 따라 출판되거나 출판 금지되고, 칭찬받거나 욕먹어야 한다는 원칙을 받아들였다. 그리고 또 다른 사람들은 이러한 견해를 실제로 받아들이지도 않으면서 순전히 비겁하기 때문에 이에 동의한다. 시끄럽게 주장을 내세우는 수많은 영국 평화주의자들이 만연한 러시아 군국주의 숭배에 맞서 목소리를 높이지 못하고 있다는 것이 그 한 예다. 이 평화주의자들에 의하면, 모든 폭력은 나쁘다. 그리고 이들은 전쟁 중 내내 항복하거나 적어도 평화 협정을 맺으라고 촉구해왔다. 하지만 이들 중 붉은 군대가 수행하는 전쟁 또한 나쁘다고 말한 사람이 몇 명이나 되는가? 분명 러시아인들은 스스로를 방어할 권리가 있지만, 우리가 그러는 것은 용서할 수 없는 죄다. 이 모순을 설명할 길은 하나뿐이다. 즉 애국심이 영국보다는 소비에트 사회주의 공화국 연방을 향해 있는 대다수 지식인들과 우호 관계를 유지하고자 하는 비겁한 마음 때문이다. 나는 영국 지식인들이 그렇게 겁내고 거짓말을 할 이유가 충분하다고 생각한다. 사실 그들이 정당화를 위해 내놓는 온갖 주장들을 다 외우고 있을 정도다. 하지만 적어도 파시즘에 맞서 자유를 수호한다는 말도 안 되는 소리는 더 이상 듣고 싶지 않다. 자유에 의미가 있다면, 그것은 사람들이 듣고 싶지 않은 의견을 말할 권리를 의미한다. 보통 사람들은 여전히 막연하게 그 교의에 동의하며 그에 따라 행동한다. 이 나라—모든 나라의 상황이 같지는 않다. 프랑스 공화정부도 그렇지 않고, 오늘날 미국도 그렇지 않다—에서 자유를 두려워하는 것은 자유주의자들이며 지성을 더럽히는 것도 지식인들이다. 이 서문을 쓴 것은 바로 그 사실을 환기시키기 위해서다.

# 나는 왜 글을 쓰는가*

아주 어렸을 때, 아마도 대여섯 살 때부터 나는 커서 작가가 되어야겠다고 생각했다. 열일곱 살에서 스물네 살 사이에는 그 생각을 떨쳐버리려고 했지만, 그러는 중에도 이는 내 타고난 본성을 거스르는 일이며 조만간 나는 결국 글을 쓸 수밖에 없을 거라는 생각이 들었다.

나는 세 형제 중 중간이었지만 위아래로 다섯 살씩 터울이 있었고, 여덟 살 이전에는 아버지를 거의 본 적도 없었다. 이런저런 이유로 인해 나는 좀 외로웠고 이는 곧 좋지 않은 버릇으로 이어져 학창 시절 내내 친구들과 잘 어울리지 못했다. 외로운 아이들 특유의, 이야기를 만들고 상상의 친구와 대화하는

*1946년《갱그럴》여름호(4호)에 발표된, 조지 오웰의 대표적 에세이 중 하나.

158

버릇이 생겼던 것이다. 애초부터 내 문학적 야심은 외로움이나 과소평가받고 있다는 기분과 뒤섞여 있었다고 생각된다. 내게는 단어를 다루는 재능과 불쾌한 사실들을 직시하는 능력이 있었고, 그걸로 일상에서의 실패를 보상할 나만의 세계를 만들어냈다. 그럼에도 불구하고, 어린 시절과 청소년기에 쓴 진지한—진지한 의도를 가진—글은 그 시기를 통틀어도 열두 페이지도 되지 않는다. 처음으로 시를 쓴 것은 네다섯 살 때의 일이었고, 어머니가 내 말을 받아 적어주셨다. 호랑이에 관한 시였는데, 호랑이가 '의자 같은 이빨'—괜찮은 표현이지만, 블레이크의 〈호랑이, 호랑이〉의 표절이었을 것이다—을 가지고 있었다는 것 외에는 아무것도 기억나지 않는다. 1차 세계대전이 터졌던 1914년 열한 살이던 나는 애국시를 한 편 써서 지역 신문에 실었고, 2년 뒤에는 키치너*의 죽음에 대해 시 한 편을 더 썼다. 조금 더 커서는 간혹 조지아 스타일의 '자연시'를 썼다. 조잡하고 대개는 완성하지도 않은 시들이었다. 또 단편도 두 번 정도 시도해봤지만 지독한 실패작들이었다. 이 정도가 그 시절 내가 실제로 종이에 쓴 소위 진지한 글들이다.

하지만 이 시기 내내 나는 어떤 의미에서는 문예 활동에 참여했다. 우선 별로 즐기지는 않았지만 순식간에 쓱싹쓱싹 써낸 주문 제작 글들이 있다. 학교 숙제 말고 반익살스러운 기념시

---

*1차 세계대전 중 사망한 육군 원수 호레이쇼 허버트 키치너.

들도 썼는데, 지금 생각하면 굉장한 속도로 쓴 시들이었다. 열네 살 때는 아리스토파네스를 흉내 내서 운을 맞춘 희곡 한 편을 일주일 만에 써냈고, 교지의 인쇄본과 원고를 편집하는 일을 도왔다. 이 교지는 형편없기 그지없는 익살스러운 잡지로, 현재 내가 가장 시시한 기고문에 들이는 만큼의 수고조차도 쏟지 않았다. 하지만 근 15년 넘게 이런 일들을 하는 와중에 나는 굉장히 다른 종류의 습작을 하고 있었다. 나 자신에 대한 '이야기', 즉 머릿속에서만 존재하는 일종의 일기 같은 것을 계속해서 만들어나갔던 것이다. 이는 아이들과 청소년들에게는 흔히 있는 버릇이라고 생각한다. 아주 어린 시절, 나는 스스로를 로빈 후드 등으로 상상하며 흥미진진한 모험 이야기의 주인공으로 그리곤 했다. 하지만 내 '이야기'는 곧 유치한 방식의 자기애적 이야기를 벗어나, 순전히 내가 하고 있는 일과 본 것들에 대한 묘사로 변해갔다. 한번 이야기가 시작되면 몇 분씩이나 이런 문장들이 머릿속을 휘젓고 다녔다. '그는 문을 열고 방으로 들어왔다. 노란 햇살이 모슬린 커튼을 지나 테이블 위에 비스듬히 떨어졌고, 그 위에는 반쯤 열린 성냥갑이 잉크통 옆에 놓여 있었다. 그는 오른손을 주머니에 넣고 방을 가로질러 창문 쪽으로 갔다. 창 아래 거리에서는 별갑무늬 고양이가 낙엽을 쫓고 있었다' 등등. 이런 습관은 스물다섯 살이 되기까지, 그러니까 문필을 업으로 삼지 않았던 시절 내내 계속되었다. 절묘한 단어를 찾기 위해 고심하고 또 고심해야 했지만, 나는 외부에서 강제로 시키기라도 하듯 거의 자신도 모르게 사물을 묘사하려고 애쓰고 있었다. 그 '이야기'는 그때그때 내가 존경했던 여러 작가들의 스타일에 당연히 영향 받았지만, 내가 기억하는 한 그 공통된 특징은 언제나 매우 세심한 묘사였다.

열여섯 살쯤 되었을 때, 나는 갑자기 단어, 다시 말해 단어의 소리와 연상들이 주는 즐거움을 발견했다. 예를 들어, 다음 〈실락원〉의 한 구절 같은 것.

> 그리하여 그는 어렵사리 힘들게
> 앞으로 나아갔다. 어렵사리 힘들게 그는
> (So hee with difficulty and labour hard
> Moved on: with difficulty and labour hee)

이제는 그렇게까지 굉장하다는 느낌이 없지만, 그 당시 이 구절을 읽었을 때는 등골에 전율이 흘렀다. '그'를 'he'가 아니라 'hee'로 쓰는 것도 근사했다. 사물을 묘사하는 것에 대해서라면 나는 이미 모든 걸 다 알고 있었다. 그러니 그 시절 내가 책을 쓰고 싶어 했다면, 어떤 책을 쓰고 싶어 했는지는 분명하다. 나는 상세한 묘사들과 흥미진진한 직유, 어느 정도는 소리를 염두에 두고 고른 단어들로 이루어진 화려한 구절들로 가득 찬, 비극적 결말의 대작 자연주의 소설을 쓰고 싶었다. 서른 살에 썼지만 계획은 훨씬 전부터 했던 내 최초의 소설《버마 시절》이 사실 이느 정도 그런 책이었다.

이 모든 배경 정보를 주는 이유는 작가의 초기 성장 단계에 대해 모르고서는 그 동기를 평가할 수 없다고 생각하기 때문이다. 글의 소재는 작가가 사는 시대에 의해 결정—적어도 우리 시대처럼 혁명적인 격동의 시대에는 그게 사실이다—되겠지만, 감정적 태도는 글쓰기를 시작하기도 전에 이미 획득되며 절대 거기서 완전히 벗어날 수 없다. 작가는 자신의 감수성을 단련해서 미성숙한 단계나 비뚤어진 상태에 고착되는 것을 피해야 하지만, 초기의 영향력에서 완전히 벗어나버리면 글을 쓰려는 충동마저 죽여버리게 될 것이다. 생계유지 목적을 제외한다면, 글, 어쨌거나 산문을 쓰는 데는 네 가지 중요한 동기가 있다고 생각한다. 그 정도는 작가들마다 각각 다르며, 한 작가의 경우에도 그 비율은 주변 분위기에 따라 때때로 달라질 것이다. 그 동기들은 다음과 같다.

첫 번째는 순전한 자만심이다. 똑똑해 보이고 싶고, 이야깃거리가 되고 싶으며, 사후에 기억되고 싶고, 어린 시절 자신을 무시했던 사람들에게 복수하고 싶은 등등의 욕망이 이에 해당된다. 이런 건 동기가 아니라거나 강한 동기는 아닌 척하는 건 거짓말이다. 작가들과 과학자, 예술가, 정치가, 변호사, 군인, 성공한 기업인들에게는 모두 이런 면이 있다. 다시 말해서, 상류층 인간 전체가 그러하다. 대부분의 인간들은 대단히 이기적이지는 않다. 서른 살이 넘어가면 사람들은 개인적 야심을 버리고—사실 많은 경우 자신이 한 개인이라는 생각마저 거의 버린다—대개 남을 위해 살아가거나 고된 일상에 파묻혀버린다. 하지만 마지막 순간까지 자신의 인생을 살겠다고 작정한 재능 있고 고집 센 소수의 사람들도 있다. 작가들이 이 부류에 속한다. 진지한 작가들은 돈에는 관심이 덜할지 몰라도 대체로 언론인들보다 더 허영심이 많고 자기중심적이다.

두 번째는 미학적 열정이다. 바깥세상의 아름다움, 혹은 언어와 언어의 올바른 배열이 만드는 아름다움에 대한 인식 능력, 하나의 소리와 다른 소리가 함께 만들어내는 효과에서 느끼는 즐거움, 훌륭한 산문의 견실함이나 훌륭한 이야기의 리듬에서 느끼는 즐거움, 놓칠 수 없다는 생각이 드는 가치 있는 경험을 나누고 싶은 욕구가 이에 해당된다. 많은 작가들의 경우 미학적 동기는 매우 미약하지만, 팸플릿 저자나 교과서 저자라 하더라도 실용성과는 전혀 상관 없는 이유로 좋아하는 단어와 구절들이 있을 것이다. 그게 아니면 조판이나 여백의 넓이 등을 특별히 중시할 수도 있다. 철도 안내서급 이상의 책이라면 어떤 것도 미학적 고려에서 벗어날 수 없다.

세 번째는 역사적 충동이다. 사물을 있는 그대로 보고자 하는 욕구, 진실을 찾아내서 후세를 위해 보존하고자 하는 욕구가 이에 해당된다.

네 번째는 ('정치적'이라는 말을 최대한 넓은 의미로 썼을 때의) 정치적 목적이다. 세상을 특정 방향으로 몰고 가고자 하는 욕구, 추구해야 하는 세상에 대한 사람들의 생각을 바꾸려는 욕구가 이에 해당된다. 다시 한 번 말하지만, 어떤 책도 정치적 경향에서 완전히 자유로울 수는 없다. 예술은 정치와는 무관해야 한다는 의견은 그 자체가 정치적인 태도다.

이 다양한 충동들이 어떻게 서로 싸움을 벌이고, 사람에 따라 또 시대에 따라 어떻게 변동하는지 알 수 있을 것이다. 나는 천성적으로—'천성'이 처음 어른이 되었을 때 도달하는 상태라고 생각한다면—처음 세 동기가 네 번째 동기보다 큰 사람이다. 평화로운 시대였다면 나는 화려하거나 묘사적이기만 한 책들을 썼을 수도 있고, 내 정치적 입장을 거의 알지도 못한 채 살았을지도 모른다. 사실 나는 상황에 떠밀려 일종의 팸플릿 작가가 되었다. 처음에 나는 5년 동안 맞지 않는 일(버마에서 인도 제국경찰로 근무)을 하며 지냈고, 그다음에는 가난과 실패를 겪었다. 그 과정에서 권위에 대한 타고난 증오심이 커지고 처음으로 노동계급의 존재를 완전히 인식하게 되었으며, 버마에서의 근무 경험을 통해 제국주의의 본질을 이해하게 되었다. 하지만 이 경험들만으로는 뚜렷한 정치적 태도가 형성되지 않았다. 그러고 나서 히틀러, 스페인 내전 등의 일들이 벌어졌다. 1935년 말까지도 나는 여전히 확고한 결정을 내리지 못하고 있었다. 그 당시 나의 딜레마를 표현해서 쓴 시의 마지막 세 연이 기억난다.

나는 결코 꿈틀거린 적 없는 벌레

후궁 없는 환관

목사와 인민위원 사이에서

나는 유진 애럼*처럼 걸어가네.


인민위원이 내 운명을 말해주는 동안

라디오 소리는 계속되네

하지만 목사는 오스틴 세븐**을 약속했지

지불은 항상 더기가 할 테니까.


대리석 홀에 있는 꿈을 꾸다

일어나 보니 진짜였네

이건 내가 바랐던 시대가 아니야

스미스는? 존스는? 당신은?


　1936년에서 1937년 사이 스페인 내전과 일군의 사건들을 겪으면서 나는 생각이 바뀌었고, 그 후로 내 입장을 분명히 알게 되었다. 1936년 이후 내가 쓴 모든 진지한 글들은 직접적이건 간접적이건 전체주의에 '반대'하고 내가 이해한 바의 민주

---

*살인죄로 처형당한 18세기 영국의 언어학자. 에드워드 불워 리튼의 소설 《유진 애럼》 등 각종 문학 작품의 소재가 되었다.
**오스틴 자동차 회사에서 1922~1939년까지 생산한 자동차의 이름.

사회주의를 '지지'하기 위해 쓴 글들이다. 지금 같은 시대에 그런 주제를 피할 수 있다고 생각하는 건 말도 안 되는 일이다. 모두들 이런저런 위장을 해가며 그런 주제들에 대해 글을 쓴다. 문제는 그저 어느 편을 들고, 어떻게 접근할 것인가일 뿐이다. 자신의 정치적 입장을 더 의식할수록, 미학적, 지적 고결함을 희생하지 않고도 정치적으로 행동할 가능성이 더 커진다.

지난 10년 동안 내가 가장 원했던 바는 정치적 글을 예술로 만드는 것이었다. 내 출발점은 언제나 당파심, 불의에 저항하는 마음이다. 책을 쓰려고 앉을 때 나는 나 자신에게 "예술 작품을 써야지" 하고 말하지 않는다. 내가 글을 쓰는 것은 폭로하고 싶은 거짓이, 관심을 요하는 사실이 있기 때문이며, 내 관심사는 무엇보다 이야기를 들려줄 기회를 얻는 데 있다. 하지만 한편으로 글을 쓴다는 것이 미적 경험이 아니라면, 책은커녕 긴 잡지글조차 쓸 수 없을 것이다. 내 글을 읽는 사람은 누구나 심지어 노골적인 정치 선전글에조차 정치가라면 상관없다고 판단할 요소들이 많이 담겨 있다는 것을 알 수 있을 것이다. 나는 어린 시절 익힌 세계관을 완전히 버릴 수도 없고 버리고 싶지도 않다. 살아 있는 한, 나는 산문의 문체에 감동하고, 대지를 사랑하고, 견고한 사물들과 쓸데없는 정보에서 즐거움을 얻을 것이다. 나의 그런 모습을 억압하려 해봤자 소용없다. 내가 해야 할 일은 뿌리 깊이 자리한 개인적 호불호와 이 시대가 우리 모두에게 요구하는 공공적이며 비개인적 활동을 화해시키는 것이다.

그것은 쉽지 않은 일이다. 이는 구조와 언어의 문제를 제기하고, 또한 진실성의 문제를 새로운 방식으로 제기한다. 그로 인해 생기는 대강의 어려움을 하나만 예로 들어보겠다. 스페인 내전에 관한 나의 저작 《카탈로니아 찬가》는 물론 노골적으로 정치적인 책이지만, 대체로는 형식에 대한 약간의 고려와 객관성을 염두에 두면서 썼다. 나는 내 문학적 본능을 어기지 않으면서 완전한 진실을 담기 위해 정말이지 애써 노력했다. 하지만 그 책의 한 장은 온통 프랑코와 음모를 꾸몄다고 고발당한 트로츠키파를 옹호하는 신문기사 인용 같은 것들로 구성되어 있다. 그런 부분은 1, 2년만 지나면 보통 독자들의 관심을 잃을 테고, 책을 망치게 되어 있다. 존경하는 평론가 하나가 그에 대해 잔소리를 늘어놓았다. "왜 그런 것들을 집어넣은 겁니까? 좋은 책이 될 수도 있었던 게 기사문이 되어버렸잖아요." 그 말도 옳지만, 그러지 않을 수가 없었다. 나는 영국에 있는 사람들이 거의 알 수 없었던 사실, 즉 죄 없는 사람들이 거짓 고발을 당했다는 사실을 알게 되었기 때문이다. 그 일에 분노하지 않았더라면, 절대로 그 책을 쓰지 않았을 것이다.

이 문제는 형태를 바꿔가며 다시 등장한다. 언어의 문제는 더 미묘해서, 논하자면 너무 많은 시간이 소요될 것이다. 그저 최근에는 덜 아름답더라도 더 정확하게 쓰려고 노력하고 있다는 말만 하겠다. 어쨌거나 한 문체를 완성할 즈음이면 항상 그 문체를 넘어서게 되어 있다. 《동물 농장》은 내가 무엇을 하고 있는지 완전히 의식하면서 정치적 목석과 예술적 복적을 하나로 융합하고자 노력한 최초의 책이었다. 나는 7년 동안 소설을 쓰지 않았지만, 조만간 또 한 권을 쓰고 싶다. 그 책은 실패작이 될 것이다. 물론 모든 책은 실패작이지만, 내가 어떤 책을 쓰고 싶은지는 분명하게 알고 있다.

돌아가서 앞의 한두 페이지를 다시 읽어보니, 마치 내가 전적으로 공공적인 동기에 의해 글을 쓰는 것처럼 보인다. 그걸 마지막 인상으로 남기고 싶지는 않다. 모든 작가들은 허영심이 강하고 이기적이고 게으르며, 그 동기의 밑바닥에는 수수께끼가 자리한다. 책을 쓴다는 것은 고통스러운 병이 발자이 오랫동안 한 차례 이어지는 것처럼 끔찍하고 진 빠지는 투쟁이다. 저항할 수도 이해할 수도 없는 악마 같은 것에 내몰리지 않는다면 절대 그런 일을 시작하지 않을 것이다. 그 악마란 건 아기들이 쳐다봐달라고 울어대는 것과 다를 바 없는 본능일지도 모른다. 하지만 끊임없이 자신의 개성을 지우려고 노력하지 않으면 읽을 만한 글이 절대 나오지 않는다는 것 또한 사실이다. 좋은 글은 창유리와 같다. 내 동기들 중 어느 것이 가장 강한지 분명히 말할 수는 없지만, 그중 어떤 것이 따를 만한 가치가 있는지는 알고 있다. 과거의 저작들을 돌이켜볼 때, 활기 없는 책을 쓰거나 자기도 모르게 화려한 구절이나 의미 없는 문장, 장식적 형용사, 헛소리들을 써댈 경우는 백이면 백 '정치적' 목적이 결여되었을 때였으니까.

# 《동물 농장》우크라이나 판 작가 서문[*]

《동물 농장》의 우크라이나 번역판에 서문을 써달라는 부탁을 받았다. 나도 전혀 모르는 독자들을 향해 글을 쓰고 있지만, 독자들 또한 아마 나에 대해서 전혀 알 기회가 없었을 것이다.

이 서문에서 독자들은 아마도 《동물 농장》이 어떻게 해서 쓰여지게 되었나 같은 이야기를 기대할지도 모르겠다. 하지만 나는 우선 나 자신에 대해, 그리고 이런 정치적 입장을 가지게 된 경험에 대해서 이야기하고 싶다.

나는 1903년 인도에서 태어났다. 아버지께선 그곳 인도 행

---

[*]《동물 농장》의 우크라이나 번역판은 1947년 3월에 나왔다. 전후 유럽 난민 캠프에서 살고 있던 우크라이나와 폴란드 사회주의자들이 《동물 농장》영어판을 읽고 몹시 공감한 나머지 오웰에게 편지를 보내 우크라이나 번역판을 내고 싶다고 하자, 오웰은 무료로 판권을 내주었고(그 외 몇몇 동유럽어 번역판에 대해서도 마찬가지였다) 이 서문을 덧붙였다.

정국에서 공무원으로 일하셨고, 우리 가족은 군인, 싱직자, 공무원, 선생, 변호사, 의사 같은 평범한 중산층 가족이었다. 나는 영국 사립학교(이들은 공립학교가 아니라 그 반대 개념으로, 드문드문 자리한 배타적이고 비싼 중등 기숙학교들이다. 최근까지 이 학교들에는 부유한 귀족 가문 자제들 외에는 거의 아무도 들어갈 수 없었다. 이런 사립학교에 아들들을 우겨넣는 것은 19세기 졸부 은행가들의 꿈이었다. 이 학교들에서 가장 중시하는 것은 소위 당당하고 강인하고 신사다운 사고방식을 형성해주는 스포츠다. 그 학교들 중 특히 유명한 곳이 이튼이다. 일설에 의하면, 웰링턴*은 워털루의 승리는 이튼의 운동장에서 결정되었다고 말했다고 한다. 얼마 전부터 어떤 식으로든 영국을 지배하는 사람들의 압도적 다수가 사립학교 출신들이다―원주)** 중 가장 비싸고 신사연하는 이튼에서 교육받았다. 하지만 거기 들어갈 수 있었던 건 장학금 덕분이었다. 그렇지 않았다면 우리 아버지는 그런 학교에 나를 보낼 수 없었을 것이다.

학교를 마친 직후(아직 스무 살도 안 되었을 때다) 나는 버마로 가서 인도 제국경찰이 되었다. 스페인의 '가르디아 시빌(Guardia Civil)'이나 프랑스의 '가르드 모빌(Garde Mobile)'과 매우

---

*이튼에서 교육받은 영국의 귀족이자 군인, 정치가.
**영국에서는 이튼 같은 사립학교를 'private school'이 아니라 'public school'이라고 부르기 때문에, 평범한 아이들이 들어가는 공립학교(public 'national school')와의 의미 혼란을 피하기 위하여 오웰이 특별히 그 차이를 설명하고 있는 것이다.

비슷한, 일종의 헌병대 같은 무장 경찰이었다. 나는 거기서 5년 간 복무했다. 경찰직은 내게 맞지 않았고, 그 시절 버마에서는 민족주의적 감정이 두드러지지도 않았고 영국인과 버마인들의 관계가 딱히 적대적이지 않았음에도 나는 제국주의를 증오하게 되었다. 1927년 휴가차 영국에 돌아왔을 때, 나는 경찰직을 사임하고 작가가 되기로 결심했다. 처음에는 특별히 성공하지 못했다. 1928년에서 1929년까지 나는 파리에서 살면서 단편과 소설을 썼지만, 출판해주겠다는 곳은 한 군데도 없었다(그 원고들은 나중에 모두 없애버렸다). 다음 몇 해 동안 나는 잡일로 근근이 살아갔고 때로는 굶주리기도 했다. 글로 먹고살 수 있게 된 것은 겨우 1934년부터였다. 그동안 때로는 몇 개월이고 빈민 지구에서도 최악의 동네에서 빈민들이나 부랑자들 틈에 섞여 살기도 했고, 거리에 나가서 구걸하거나 도둑질을 하기도 했다. 그 시절 나는 돈이 없어서 그들과 어울렸지만, 나중에는 그들의 생활 자체에 굉장히 흥미를 가지게 되었다. 나는 몇 달 동안 영국 북부 지방 탄광 노동자들의 처지에 대해 (이번에는 더 체계적으로) 공부했다. 1930년까지는 나 자신이 사회주의자라는 생각을 대체로 해보지도 않았고, 사실 아직까지도 뚜렷이 정의된 정치적 견해는 없다. 계획사회에 대한 이론적 동경보다는 가난한 산업 노동자들이 억압받고 방치되는 방식에 대한 혐오 때문에 사회주의에 찬성하게 되었기 때문이다.

나는 1936년에 결혼했다. 그리고 거의 같은 주에 스페인 내전이 일어났다. 아내와 나는 모두 스페인에 가서 스페인 정부를 위해 싸우고 싶어 했다. 6개월 뒤 쓰고 있던 책을 마치자마자, 우리는 준비를 끝냈다. 스페인에서 나는 거의 6개월 동안 아라곤 전선에 있었고, 결국 우에스카에서 파시스트 저격병이 쏜 총탄에 목을 맞았다.

내전 초기 외국인들은 정부를 지지하는 다양한 정당들 사이의 내부 투쟁에 대해 대체로 잘 알지 못했다. 하지만 일련의 사건들을 겪으면서 나는 다른 대다수의 외국인들처럼 국제여단에 들어가지 않고 마르크스주의통일노동자당(POUM) 민병대, 즉 스페인 트로츠키주의자 조직에 들어갔다.

그래서 1937년 중반 공산주의자들이 스페인 정부를 장악(혹은 일부 장악)하고 트로츠키주의자들을 색출하기 시작했을 때, 아내와 나는 모두 희생자들 쪽에 있었다. 우리는 천우신조로 한 번도 체포되지 않고 살아서 스페인을 나올 수 있었다. 많은 친구들이 총탄에 쓰러졌다. 오래 감옥살이를 한 사람들도 있었고, 그냥 사라진 사람들도 있었다.

스페인의 인간 사냥은 소련에서 벌어진 대숙청과 동시에 일어났고, 일종의 부록 같은 사건이었다. 러시아뿐만 아니라 스페인에서도 고발의 내용(즉 파시스트와의 공모)은 똑같았다. 스페인에 관한 한 나는 그 고발들이 거짓이라고 굳게 믿는다. 이 모든 경험은 소중한 본보기였고, 그 경험을 통해 나는 민주 국가의 계몽된 사람들이 전체주의적 선전에 얼마나 쉽게 좌지우지되는지 알 수 있었다.

아내와 나는 비정통적 사상이 의심된다는 이유만으로 죄 없는 사람들이 감옥에 던져지는 것을 목격했다. 하지만 영국으로 오는 도중, 우리는 수많은 분별력 있고 박식한 관찰자들이 모스크바 재판에 관한 보도에서 들려주는 음모와 배반, 파괴 공작 등의 터무니없는 이야기들을 믿는 것을 보았다.

그래서 나는 소련의 신화가 서구 사회주의 운동에 얼마나 부정적인 영향을 미치는지 그 어느 때보다도 분명하게 이해하게 되었다.

이 시점에서 잠시 소련 정권에 대한 내 태도를 설명해야겠다.

나는 러시아에 가본 적도 없고 그곳에 대해 아는 것이라곤 책과 신문을 통해 배운 것이 전부다. 내게 그럴 힘이 있다고 해도 소련의 국내 문제에 끼어들고 싶은 생각도 없고, 스탈린과 그 동료들의 야만적이고 비민주적인 방식을 비난할 생각도 없다. 그곳 특유의 상황에서는 최선의 의도를 가지고도 달리 행동할 방법이 없었을 수도 있으니까.

하지만 반면, 내게 가장 중요한 문제는 서구 유럽인들이 소련 정권의 실체를 보는 것이었다. 1930년 이후로 나는 소련이 진정한 사회주의라고 부를 만한 방향을 향해 진보하고 있다는 증거를 거의 찾아볼 수가 없었다. 그 반대로, 나는 소련이 계급 사회화되고 있다는 것을 명백히 보여주는 징후들에 충격 받았다. 여타 지배계급과 마찬가지로 지배자들이 자신의 권력을 포기할 이유가 전혀 없는 계급사회 말이다. 게다가 영국 같은 나라의 노동자들과 지식인들은 오늘날 소련이 1917년의 상황과는 전혀 다르다는 사실을 이해하지 못한다. 부분적으로는 이해하고 싶지 않아서이기도 하고(즉 그들은 어디엔가는 진정한 사회주의 국가가 실제로 존재한다는 것을 믿고 싶은 것이다), 부분적으로는 상대적으로 자유롭고 온건한 공공 생활에 익숙해져 있어서 전체주의를 절대로 이해할 수 없기 때문이다.

하지만 영국도 완전히 민주국가는 아니라는 사실을 기억해야만 한다. 영국은 엄청난 계급 특권과 (심지어 모든 사람을 평준화시킨 전쟁 이후인 현재에마저) 커다란 빈부의 격차가 있는 자본주의 국가이기도 하다. 하지만 그럼에도 불구하고 이 나라는 사람들이 커다란 갈등 없이 수백 년간 살아온 나라이며, 법이 상대적으로 공정하고 공식 뉴스와 통계를 거의 항상 믿을 수 있는 나라이기도 하다. 그리고 마지막으로, 소수 의견을 지지하고 말해도 엄청난 위험이 따르지 않는 곳이다. 이런 환경에서 살아온 보통 사람들은 강제 수용소나 집단 강제 이송, 재판 없는 구금, 언론 검열 같은 것들을 진정으로 이해하지 못한다. 소련 같은 나라에 대해 읽는 모든 이야기들은 자동적으로 영국식으로 해석되고, 그래서 전체주의 선전의 거짓말을 굉장히 순진하게 믿게 되는 것이다. 1939년까지도, 그리고 심지어 그 후에조차 대다수 영국인들은 독일 나치 정권의 참모습을 파악하지 못했고, 현재 소련 정권에 대해서도 여전히 어느 정도 비슷한 환상을 가지고 있다.

이는 영국의 사회주의 운동에 커다란 피해를 가져왔고, 영국의 외교 정책에 심각한 결과를 초래했다. 사실 내가 보기에, 러시아는 사회주의 국가이며 그 통치자들이 하는 행위는 모방하지는 않더라도 용서해줘야 한다는 믿음이야말로 사회주의의 본령을 가장 타락시킨 장본인이다.

지난 10년 동안 나는 사회주의 운동의 부활을 바란다면 소련의 신화를 무너뜨리는 것이 필수불가결하다는 확신을 가지게 되었다.

스페인에서 돌아오는 길에 나는 누구나 쉽게 이해할 수 있으며 다른 언어로 쉽게 번역되는 이야기를 써서 소련의 신화를 폭로해야겠다는 생각을 했다. 하지만 이야기의 세부 사항들은 한동안 떠오르지 않았다. 그러던 어느 날(그때 나는 한 조그만 마을에서 살고 있었는데), 열 살 정도 되는 어린 소년을 만났다. 소년은 좁은 길에서 커다란 짐마차 말을 몰고 오면서 말이 잘못된 방향으로 갈 때마다 채찍질을 하고 있었다. 그 순간 문득 이런 생각이 들었다. 저런 동물들이 자신의 힘을 깨닫기만 한다면 우리가 절대 이기지 못할 거라고. 또 인간들이 동물을 착취하는 방식이 부자들이 프롤레타리아들을 착취하는 것과 다를 바 없다고.

나는 동물들의 시각에서 마르크스의 이론을 분석하기 시작했다. 동물들의 시각에서 보면, 인간들 간의 계급투쟁이라는 개

넘은 완전한 환상에 불과했다. 동물들을 착취해야 할 때마다, 인간들은 모두 힘을 합쳐 동물들에 맞서기 때문이다. 진정한 투쟁은 동물과 인간들 사이의 투쟁이다. 이렇게 출발하자, 이야기에 살을 붙이는 것은 전혀 어렵지 않았다. 하지만 1943년까지는 항상 다른 일들에 매이는 통에 도무지 시간이 나지 않아 이 이야기를 쓰지 못했다. 그래서 나중에는 집필 당시 벌어지고 있던 사건들, 예를 들어 테헤란 회담* 같은 것도 이야기에 집어넣었다. 그리하여 이 이야기의 개요는 6년 넘도록 내 머릿속에 있다가 겨우 쓰이게 되었다.

　작품에 대한 이야기는 하고 싶지 않다. 작품이 스스로 이야기하지 않으면 그건 실패한 것이다. 하지만 두 가지는 강조해야겠다. 여기에 등장하는 다양한 일화들은 실제 러시아 혁명의 역사에서 따온 것이지만, 이야기의 균형을 위해서 도식화하고 시간 순서도 바꾸었다. 두 번째는 대부분의 평자들이 놓친 사항으로, 아마도 내가 충분히 강조하지 않아서 그런 듯하다. 많은 독자들이 이 이야기가 돼지들과 인간들의 완전한 화해로 끝난다는 인상을 받을지도 모르겠지만, 그건 내 의도가 아니었다. 반대로, 난 시끄러운 불화로 이야기를 끝맺고자 했다. 나는 이 이야기를 모두들 소련과 서구 사이에 최선의 우호 관계가 정립되었다고 믿었던 테헤란 회담 직후에 썼고, 개인적으로 그 우호

---

*1943년 말 연합국의 세 지도자인 스탈린, 루스벨트, 처칠이 모여 나치에 대한 공동전선에 동의한 회의.

관계가 오래갈 리 없다고 믿었기 때문이다. 그리고 그 이후 일들이 보여줬듯이 내 예상은 크게 어긋나지 않았다.

더 이상 무슨 이야기를 해야 할지 모르겠다. 개인사가 궁금한 독자들이 있다면, 나는 이제 세 살이 다 되어가는 아들이 있는 홀아비이고, 직업은 작가이며, 전쟁이 시작된 후로 주로 언론인으로 일해왔다는 말 정도를 덧붙여야겠다.

가장 정기적으로 글을 기고하는 잡지는 보통 노동당 좌파를 대변하는 사회정치 주간지 《트리뷴》이다. 일반 독자들이라면 (버마에 관한 이야기인) 《버마 시절》, (스페인 내전 때의 경험에서 나온) 《카탈로니아 찬가》, (주로 영국 현대 대중 문학에 관한 에세이들로 문학적 시각에서보다는 사회학적 관점에서 더 유용한) 《평론집》 등, 내 다른 책들에 가장 관심이 있을지도 모르겠다(이 번역판의 독자들이 이 책들을 구할 수 있다면 말이다).

# "오랜 자유의 법칙"을
# 지키기 위한 싸움
### ─《동물 농장》의 역사적 문맥 읽기

**권진아(서울대학교 교수)**

실제로 읽어보지 않았어도 누구나 제목 정도는 들어봤을 정도로 유명한 고전인 조지 오웰의《동물 농장: 어떤 동화》가 출판사들의 잇단 거절로 인한 난항 끝에 가까스로 출판될 수 있었다는 뒷이야기는 작품의 명성만큼은 널리 알려져 있지 않은 흥미로운 일화. 혁명의 변질과 타락을 그린 이 암울한 우화가 출판되기까지 오웰은 영국에서 네 군데, 미국에서 무려 열 군데가 넘는 출판사로부터 연거푸 퇴짜를 맞았고, 거절이 거듭되며 출판 가능성이 희박해져가자 분노한 나머지 영국의 자기 검열 실태를 신랄하게 비판하는 서문을 덧붙여 자비 출판을 하려는 최후의 수단까지 고려했다. 난관은 오웰 자신도 어느 정도는 처음부터 예상했던 바였다. 작품을 쓸 때부터, 아니 작품의 주제 의식을 처음으로 품게 된 1937년 스페인 내전 당시부터 그는 이 정치적 우화 속에 담긴 공산주의 종주국에 대한 비판이 동료 사회주의자들에게 환영받지 못하리라는 것은 충분히 인식하고 있었다. 하지만 이야기의 아이디어를 품고 있던 6년 사이에 2차 세계대전이 발발하고 스탈린과 히틀러 연합이 돌연 스탈린과 영국의 연합으로 바뀌며 스탈린그라드 전투의 승리로 소련이 전쟁의 국면을 전환시켜 승리의 견인차 역할을 하게 되자, 상황은 오웰이 예상했던 것보다 훨씬 더 힘들어졌다. 《동물 농장》의 출판 과정은 이제 진영을 불문하고 섣불리 비판할 수 없는 연합 세력이 된 소련 공산당뿐만 아니라, 기꺼이 거짓을 감수하며 소련과의 우호 관계를 유지하려는 영국 지식인 사회의 전반적 풍토에 맞서는 전방위적 싸움이 되었다. 혁명의 정신을 배신하고 또 다른 계급사회이자 전체주의로 변질되어가는 소련 공산주의에 대한 (작품 안에서의) 비판과, 자유 언론의 정신을 거스른 채 정치적 이유로 정보를 왜곡하고 특정 의견들을 침묵시키는 영국 지식인들의 자기 검열 행태에 대한 (작품 밖에서의) 고발은 그에게 있어 위기에 처한 자유의 가치를 수호하기 위한 하나의 싸움이었다. 여기에 종전과 함께 간신히 출판된 이 우화가 오웰의 의도와는 정반대로 이후 들이닥친 냉전시대에 반공의 무기로 이용된 상황에까지 이르면, 《동물 농장》은 가히 20세기 초 서구 역사의 위기와 쟁점, 혼란을 안팎으로 고스란히 증거하는 역사적 사료라고 해도 무방할 정도다. 《동물 농장》의 텍스트와, 출판사를 찾는 과정에서 에이전트인 레너드 무어에게 보낸 일부 편지들, 《동물 농장》의 서문으로 썼던 두 편의 에세이, 작가로서의 발전 과정과 소명 의식을 밝힌 에세이 〈나는 왜 글을 쓰는가〉를 함께 실은 이 판본은 작가이자 정치적 행동가였던 조지 오웰이 《동물 농장》을 집필하고 출판하는 과정에서 가졌던 문제의식을 살펴봄으로써 이 짧은 우화를 당대의 역사적 문맥 속에서 더 심도 깊게 이해할 수 있도록 돕기 위한 기획이다.

1936년 이후 내가 쓴 모든 진지한 글들은 직접적이건 간접적이건 전체주의에 '반대'하고 내가 이해한 바의 민주 사회주의를 '지지'하기 위해 쓴 글들이다. (……) 《동물 농장》은 내가 무엇을 하고 있는지 완전히 의식하면서 정치적 목적과 예술적 목적을 하나로 융합하고자 노력한 최초의 책이었다.(165~168쪽)

잘 알려져 있다시피 오웰이 《동물 농장》을 처음으로 구상하게 된 것은 스페인 내전 참전 경험에서 비롯되었다. 스페인 내전은 여러모로 오웰의 인생에서 분수령이 된 사건이다. 버마의 제국경찰직을 그만두고 작가가 되기로 결심한 이후 그의 관심사는 내내 억압받는 하층민을 향해 있었지만 스페인 내전을 거치면서 이는 비로소 사회주의에 대한 확고한 신념으로 굳어졌고, 그 정치적 신념의 소산인 《동물 농장》과 《1984년》으로 순식간에 세계적 작가의 반열에 올랐기 때문이다. 1936년 말 그는 취재차 스페인 공화국에 갔다가 그 자유롭고 평등한 분위기에 매료되어 프랑코 파시스트 정권과의 싸움에 전격 뛰어들었고, 국제적인 연대를 꿈꾸며 통일노동자당 의용군에 지원했다. 하지만 거기서 그가 맞닥뜨린 것은 뜻하지 않은 공산당 내부의 권력 투쟁이었고, 그 혼탁한 싸움에 휘말린 오웰은 총상을 입고 급기야는 트로츠키주의자에 파시스트라는 오명까지 쓴 채 체포되기 일보직전에야 가까스로 스페인을 탈출할 수 있었다. 소련 스탈린 정권의 지원을 받은 공산주의자들이 한때의 동지였던 사회주의자와 무정부주의자들을 무자비하게 축출하고 제거하는 충격적인 사태를 목격하며 그는 처음으로 스탈린 공산주의와 파시즘이 다를 바 없다는 진실을 깨달았고, 파시즘은 가차 없이 비판하면서 스탈린 전체주의에 대해서는 경각심을 갖지 않는 서구 지식인들이 얼마나 위험한 근시안에 갇혀 있는지 절감했다. 분열과 배신이 난무하는 폭력적 사태 앞에서 그는 이데올로기 전반에 대한 불신과 환멸에 빠지는 대신 오히려 이념의 본질적 가치를 되새겼다. 편의와 권력욕 앞에서 원칙을 저버리는 현실 공산주의의 과오는 "계획사회에 대한 이론적 동경보다는 가난한 산업노동자들이 억압받고 방치되는 방식에 대한 혐오"에서 출발한 그의 사회주의 지지를 흔들어놓지는 못했다. 근본적으로 이론적 사상가가 아니라 인간의 존엄을 우위에 놓는 구식 인도주의자에 가까웠던 그에게 이 경험은 오히려 자유와 평등, 형제애라는 사회주의의 근본적, 인간적 가치를 다시한 번 확인하고, 자유로운 존재로서 인간이 기본적 품위를 누릴 수 있는 체제는 사회주의라는 믿음을 굳건히 하는 계기가 되었다. 스페인을 탈출하기 한 달여 전인 1937년 6월 8일 이튼 동창생이자 문인인 시릴 코널리에게 보낸 편지에서 간결하면서도 힘 있게 술회하고 있듯이, 그는 스페인에서 "멋진 것들을 보았고 마침내 사회주의에 대해 정말로 신념을 가지게 되었다."

하지만 목숨을 잃을 뻔한 위기를 겪으며 겨우 스페인에서 탈출한 그는, 세상은 자신이 목격한 소련 공산당의 실체를 알지 못할뿐더러, 심지어 분별 있는 지식인들까지도 모스크바에서 내놓는 터무니없는 거짓 선전에 속아 넘어가고 있다는 사실에 충격 받았다. 게다가 미심쩍은 부분이 있더라도 사회주의 연대와 세력 강화를 위해서는 종주국 소련을 비판해서는 안 된다는 적극적 은폐 논리마저 횡행하고 있었다. 그는 소련의 신화야말로 서구 사회주의 운동의 발전을 가로막는 장애물임을 깨달았고, 그 신화를 깨고 사회주의의 본령을 환기시키는 것이 진정한 사회주의자이자 소설가로서 자신이 해야 할 일이라고 결심했다. 그 귀결점이 그의 최초의 성공적 소설이자 대표작 《동물 농장》이다. 우크라이나 판 서문에서 그는 《동물 농장》의 탄생 비화를 이렇게 소개하고 있다.

지난 10년 동안 나는 사회주의 운동의 부활을 바란다면 소련의 신화를 무너뜨리는 것이 필수불가결하다는 확신을 가지게 되었다. 스페인에서 돌아오는 길에 나는 누구나 쉽게 이해할 수 있으며 다른 언어로 쉽게 번역되는 이야기를 써서 소련의 신화를 폭로해야겠다는 생각을 했다. 하지만 이야기의 세부 사항들은 한동안 떠오르지 않았다. 그러던 어느 날(그때 나는 한 조그만 마을에서 살고 있었는데), 열 살 정도 되는 어린 소년을 만났다. 소년은 좁은 길에서 커다란 짐마차 말을 몰고 오면서 말이 잘못된 방향으로 갈 때마다 채찍질을 하고 있었다. 그 순간 문득 이런 생각이 들었다. 저런 동물들이 자신의 힘을 깨닫기만 한다면 우리가 절대 이기지 못할 거라고, 또 인간들이 동물을 착취하는 방식이 부자들이 프롤레타리아들을 착취하는 것과 다를 바 없다고.(175쪽)

《동물 농장》 이전 오웰은 이미 네 권의 소설을 내놓았지만, 세상과 불화하고 그 구속에서 벗어나길 원하나, 좌절하거나 제자리로 돌아오고 마는 중산층 주인공들을 다룬 초기작들 중 문학적으로나 상업적으로나 성공작이라 할 만한 것은 없었다. (《목사의 딸》과 《엽란을 날려라》의 경우 돈벌이용 저급소설에 불과하니 자신이 사망한 후 다시는 재판을 내지 말라고 작가 스스로가 가차 없는 평가를 남기기까지 했다.) 자전적 경험과 르포르타주, 소설적 요소가 서로 조화를 이루지 못하고 삐걱댔던 전작들과 달리 《동물 농장》에서 오웰은 자신이 무슨 이야기를 하고자 하는지 너무나 뚜렷하게 인식하고 있었다. 그리고 이를 담아내기에 가장 적합한 방식이 작품의 부제에 덧붙인 '동화'였다.
　《동물 농장》이 동화를 사용하는 방식에서 가장 절묘한 점은 이 이야기가 의인화된 동물들을 통해 보편적인 지혜를 전달하는 이솝이나 라퐁텐 같은 전통적인 동물 우화의 공식을 충실히 따르면서도 이를 무서울 정도로 직설적인 계급 상징으로 쓰고 있다는 사실이다. 여기서 동물들은 각각 무지, 무관심, 허영, 기만 등 이야기의 교훈을 전달하는 데 필요한 속성들을 하나씩 대변하는 동시에, 집단적으로는 문자 그대로 '인간 이하'의 취급을 당하는 노동자 계급을 상징한다. 인간(사용자)과 동물(노동자)의 투쟁이 왜 본질적으로 화해 불가능한 것인지, 인간들과 손을 잡고 동료들을 배신하는 돼지들의 행위가 얼마나 있을 수 없이 경악스럽고 사악한 배반 행위인지 별다른 설명 없이도 거의 본능적으로 이해하게 만드는 실로 절묘한 설정이다.

《동물 농장》은 어린이들도 즐겁게 읽을 수 있는 소박한 우화의 형태를 취하고 있지만, 일견 단순해 보이는 그 표면 아래에는 칼 마르크스의 공산주의 이론(메이저 영감의 동물주의)의 등장과 1917년 10월 혁명(동물들의 반란), 봉건적 차르 체제의 종식(매너 농장에서 추방되는 존스)에서부터 시작해 혁명 이후 최초의 반란이었던 1921년 크론시타트 수병 반란(암탉들의 반란)을 거쳐 독일군의 침입과 스탈린그라드 전투(프레더릭의 침입과 풍차 전투), 스탈린과 처칠 등이 나치에 대해 공동전선을 펴기로 동의한 테헤란 회담(나폴레옹과 필킹턴의 제휴)에 이르기까지 20세기 초 소련의 역사가 조목조목 재구성되어 담겨 있다. 국유화와 산업화, 일국 사회주의론과 영구 혁명론 등 혁명

초기 스탈린과 트로츠키의 대표적 내립 주장들을 고스란히 재현하고 있는 나폴레옹과 스노볼의 대립 구도나, 대중들을 통제하는 공포정치의 도구인 비밀경찰(어디서나 나폴레옹을 호위하는 사나운 개 떼들), 달콤한 내세의 약속으로 현실의 고통을 기만하는 종교(구름 위 슈거캔디 산 이야기를 들려주는 까마귀 모세), 당의 논조를 대중들에게 주입하는 언론 프라우다(스퀼러), 노동자들의 애창곡 인터내셔널 가(영국의 동물들) 등 대응 관계들 또한 오웰이 이 우화를 얼마나 실제 역사에 근거해 구성했는지 잘 보여주는 세부 사항들이다.

무엇보다 《동물 농장》의 뛰어난 점은 우화의 본령을 잊지 않는 생생한 묘사와 풍자 감각이다. 갖가지 크기와 종류의 동물들이 저마다 다른 개성을 드러내며 헛간에 모여드는 첫 장면에서부터 글을 배우고 익숙하지 않은 도구를 사용해 노동하고 전투를 치르는 새로운 도전을 맞이한 동물들이 자신만의 타고난 장점을 발휘하여 주어진 한계를 극복하(거나 좌절하)는 과정을 그린 장면들까지, 동물들의 묘사에는 실제 농사를 짓고 동물을 키웠던 오웰의 경험—뮤리엘은 오웰이 실제로 길렀던 염소의 이름이었다—과 애정이 선명하게 느껴진다. 학창 시절 탐독한 스위프트의 영향이 여실히 드러나는 신랄한 풍자 정신과 오웰의 작품에서는 드물게 나타나는 유머 감각의 결합도 읽는 재미를 더한다. 사사건건 의견을 달리하며 대립하던 나폴레옹과 스노볼이 우유와 사과를 돼지들에게만 독점적으로 공급하자는

안건에 대해서만 뻔뻔스럽게도 의견을 함께하는 장면은 탐욕스 ˙
러운 혁명 수뇌부의 타락상을 정곡으로 찌르는 풍자다. (오웰
을 트로츠키파로 보는 T. S. 엘리엇 등 많은 사람들의 의견은 트
로츠키 또한 스탈린 못지않은 혁명의 배신자로 그리고 있는 이
러한 장면을 놓친 결과다.) 또, 혁명을 성공시킨 후 존스의 농장
저택에 입성한 동물들이 부엌에 걸려 있던 햄에게 장례를 치러
주기 위해 들고 나오는 장면은 존스 체제의 끔찍한 폭력성을 발
군의 유머 감각으로 고발하는 탁월한 디테일이라 할 만하다.

온갖 역학 관계를 고려하며 몸을 사린 출판계 인사들과는 달
리 대중들은 이 작품의 재미를 즉시 알아보았다. 출판 과정에서
겪은 어려움이 무색하게《동물 농장》초판 4500부는 나오자마
자 순식간에 동이 나는 이변을 일으켰다. (세커 앤드 워버그가
초판을 4500부밖에 찍지 않은 것은 상업적으로 성공한 이력이
없는 작가의 작품에 모험을 걸기에는 전시 영국의 종이 부족 사
태가 너무 심각했기 때문이라는 설명이 가장 그럴듯해 보인다.)
2쇄 1만 부는 그해 11월이 되어서야 나왔고,《동물 농장》은 이
후 한 번도 절판된 적 없는 기록을 고수하고 있다. 그다지 명성
을 얻지 못한 조그만 출판사였던 세커 앤드 워버그 역시《동물
농장》과《동물 농장》을 출판하며 판권을 확보한《1984년》의 대
성공으로 순식간에 출판계에서 입지를 굳혔다. 워버그는 80세
생일을 맞아《동물 농장》이 "나를 출판인으로 만들었다"고 이
때를 회고한 바 있다. 그해 말까지 하퍼, 크노프, 바이킹, 스크

리브너 등 최고의 출판사들을 포함한 열두 개 이상의 출판사에서 출판을 거절당했던 미국에서도 비슷하게 극적인 상황이 벌어졌다. 영국에 와서 출판거리를 찾고 있던 하코트 브레이스의 직원이 서점에 재고가 없는데도 사람들의 문의가 끊이지 않는 책—《동물 농장》 2쇄—을 보고 우편 주문용으로 남아 있던 단 한 권을 그 자리에서 읽은 후 그대로 미국으로 돌아가서 판권을 계약했고, 출판과 동시에 베스트셀러에 등극한 것이다.

이야기가 여기서 끝났다면, 탐욕으로 대동단결한 인간과 돼지들이 사소한 불씨로 인해 서로 악다구니를 벌이는《동물 농장》의 추악하고 비관적인 결말과는 달리 적어도 그 출판을 둘러싼 뒷이야기는 '미운 오리 새끼'식의 행복한 동화로 분류될 수 있었을 것이다. 하지만《동물 농장》의 구상을 떠올린 후부터 실제로 집필을 마치는 사이에 벌어진 국제 정세의 변화가 출판 과정에 엄청난 어려움을 가져왔듯이, 종전과 함께 시작된 냉전 시대로 인해《동물 농장》은 오웰의 굳건한 신념과는 아랑곳없이 또 한 번 극적 반전에 휘말린다. 오웰이 원고를 받아줄 출판사를 찾으려고 고군분투하던 불과 몇 년 전 영미를 지배하던, 소련에 대한 양가적 감정은 온데간데없이 사라지고, 세계에는 공산주의에 대한 반감과 공포가 급증하고 있었다. 하루가 다르게 급변하는 국제 정세 속에서, 사회주의자 오웰이 진정한 자유의 가치와 사회주의의 본령을 일깨우기 위해 쓴《동물 농장》은 아이러니하게도 공산주의의 비인간성을 고발하고 혁명은 불가능하며 바람직하지 않다는 주장을 증거하는 냉전의 무기로 채택되었다.

　이러한 수용 현상은 냉전시대의 한 축을 이루고 있는 미국에서 당연히 더했다. 영국의 평론가들이나 대중들은 적어도 오웰의 전작에 대한 지식도 있었고 무엇보다 그가《트리뷴》을 위시하여 자신의 정치적 입장과 맞는 잡지에만 글을 쓰는 사회주의자—그의 정치적 결벽성은 쪼들리는 형편에도 불구하고 정치적 입장이 맞지 않는 잡지에 글을 기고하는 일을 용납하지 못했다—라는 사실을 알고 있었다. 하지만 미국으로 건너간《동물 농장》은 이러한 문맥을 완전히 거세당했고, '배반당한 혁명'이라는 보편적 주제 의식마저 그다지 부각되지 않았다. 오웰이 말하려고 했던 바가 무엇이든 간에 (그의 삶이나 신조를 알 리 없는) 대부분의 독자들과 비평가에게 이 소설은 철두철미한 반공주의 저작으로 읽히기에 충분했다. CIA가《동물 농장》에 바탕하여 반공 만화를 제작한 사실이나, 미국판이 출판된 지 겨우 2년 뒤인 1948년 남북으로 분리되어 있던 우리나라에서 미군정의 의뢰로《동물 농장》번역판이 출판된 일화는 모두 냉전시대에《동물 농장》이 어떻게 반공의 무기로 이용되었는지를 보여주는 대표적 사례들로 거론될 만하다.

　오웰은 냉전시대가 본격화되기 전 1950년에 사망했고,《동물 농장》과 그 후속작《1984년》이 냉전시대의 논리 속에서 왜곡되고 수용되는 과정을 다 지켜보지는 못했다. 물론 작가가 살아 있건 아니건 작품이 작가의 손을 떠나는 순간 작품의 해석이나 수용은 작가의 통제권에서 벗어날 수밖에 없다. 또, 작가의 의도에서 벗어난 해석이라고 해서 무조건 틀린 해석이 되는 것도 아니다. 물론 살아 있었다면 오웰은 당연히 이러한 왜곡에 맞서 자신의 의도를 밝히는 글을 수없이 써가며 저항했을 것이다. (실제로 그는 말년에 심각한 병중에도 불구하고 《1984년》이 반사회주의적 메시지를 담은 작품이라는 해석을 바로잡기 위해 몇 차례의 공식 발표를 통해 자신의 의견을 밝힌 바 있다.) 하지만 그가 냉전시대의 싸움을 완전히 새로운 싸움으로 여겼을 것 같지는 않다. 대세를 이루는 정통적 믿음과 그 믿음의 대상이 바뀌었을 뿐, 싸워야 할 적의 본질은 바뀌지 않았기 때문이다. 그의 쟁점은 무엇이 정통이 되어야 하느냐가 아니라 정통이라는 명목을 내세워 자유를 억압하는 전체주의적 태도였다.

러시아에 대한 현재의 열광은 서구 자유주의 전통의 전반적 약화를 보여주는 징후임을 깨닫는 것이 중요하다. 정보국에서 끼어들어 이 책의 출판을 명확하게 거부했다 하더라도, 대다수 영국 지식인들은 이 일에서 불안해할 거리를 발견하지 못했을 것이다. 소비에트 사회주의 공화국 연방에 대한 무비판적 충성이 현재의 정통이 되었으니, 소위 소비에트의 이해가 걸린 문제라면 그들은 검열뿐만 아니라 역사의 고의적 위조도 기꺼이 묵인할 태세다.

(……) 명백한 거짓을 허용하는 행태가 현재 러시아 숭배가 유행한다는 것보다 훨씬 더 의미심장하다. 아마도 이 유행은 오래가지 않을 것이다. 내가 아는 한 《동물 농장》이 출판될 때쯤이면, 소비에트 정권에 대한 내 견해가 일반적인 견해가 되었을 수도 있다. 하지만 그게 그 자체로 무슨 소용이 있겠는가? 하나의 정통이 다른 정통으로 바뀌는 것이 반드시 진보는 아니다. 우리의 적은 축음기 정신, 즉 지금 돌아가고 있는 판에 동의하느냐 아니냐를 최우선으로 삼는 태도다.(154~155쪽)

그가 《동물 농장》에서 구체적으로 비판한 대상은 전체주의로 변질되어가는 소련의 공산주의였지만, 주위의 현실을 바라보며 더 우려했던 현상은 "민주주의를 사랑한다면 어떤 수단을 써서라도 그 적들을 무찔러야 한다"는 목적 지향적, 독선적 사고방식이었고, 그 속에서 그는 전체주의의 씨앗을 보았다. 오웰이 동물 농장의 불쌍한 동물들의 운명을 통해 보여주듯, 무지와 무관심, 자아 성찰의 부족도 적극적인 탐욕과 권력욕만큼이나 세상의 타락에 대해 책임이 있다. "언젠가는 [전체주의적] 방식이 자신들 편에서가 아니라 자신들 반대편에서 사용될 날이 올지도 모른다는 것을 보지 못하"는 어리석음이야말로 늘 우리 곁에 상존해 있는 위험이기 때문이다. 공산주의가 종말을 맞은 오늘날에도 오웰의 작품이 계속해서 유효한 고전으로 남는 이유다.

| | |
|---|---|
| 6월 25일 영국 식민지 인도 벵골의 조그만 마을 모티하리에서 영국령 인도 행정국 아편국 소속 직원이던 리처드 웜슬리 블레어와 아이다 메이블 블레어 사이에서 1남 2녀 중 둘째로 태어남. 본명은 에릭 아서 블레어. | 1903 |
| 조지 오웰의 어머니 아이다가 교육 문제로 아이들만 데리고 영국으로 돌아와 옥스퍼드주 헨리온템스에 정착. | 1904 |
| 누나가 다니던 헨리온템스의 조그만 성공회 학교에 들어감. | 1909 |
| 성공회 학교 교사들의 추천으로 당시 영국에서 가장 좋은 예비학교인 서섹스의 세인트 시프리언스에 장학생으로 들어가 5년간 공부함. 이 시절을 회고한 에세이 〈크나큰 기쁨〉에 따르면 학교는 상류층 계급과의 차별뿐 아니라 구타와 체벌이 횡행하는 끔찍 | 1911 |

한 곳이었음. 이곳에서의 우수한 성적으로 명문 사립학교인 이튼칼리지의 입학 허가를 얻음.

5월 이튼칼리지에 국왕 장학생으로 입학. **1917** 예비학교 시절과 달리 학업을 등한시하여 성적이 좋지 않음. 졸업 당시 옥스퍼드 대학의 장학금을 받을 가능성이 없자 대학 진학을 포기.

인도 제국경찰에 지원, 10월 버마(현 미얀마) **1922** 로 떠남. 5년간 제국경찰로 근무하며 식민지의 불합리한 현실과 제국주의에 대해 비판적 의식을 갖게 됨.

휴가차 영국으로 귀국했다가 다시 돌아가지 **1927** 않고 작가가 되기로 결심. 가족의 반대에도 불구하고 사직서를 제출한 후 집을 나와 노팅힐의 빈민가에서 생활하기 시작.

파리로 건너가 노동자들이 주로 사는 제5구 **1928** 에서 거주하며 작가 생활을 시작. 몇몇 잡지에 글을 기고하나 많은 시간을 생활고에 시달리며 밑바닥 생활을 경험.

건강이 나빠져 영국으로 돌아옴. 부모님 집 **1929** 인 사우스월드에서 지내며 가정교사 일과 그림으로 소일.

다시 런던과 켄트 등지에서 노숙과 노동을 **1931** 하며 밑바닥 생활을 함. 사회주의 계열의 문학잡지 《아델피》에 버마 시절에 관한 짧은 에세이 〈교수형〉을 발표. 그 외에도 단편, 서평, 르포 등 여러 글을 기고하기 시작. 이때까지는 본명 에릭 아서 블레어를 사용.

| | | |
|---|---|---|
| 헤이스의 예비학교 호손즈에서 교사로 근무. | 1932 | |
| 1월 르포 성격의 첫 번째 저작 《파리와 런던의 밑바닥 생활》 출간. 호평을 받았지만 상업적 성공은 거두지 못함. 이때부터 조지 오웰이란 필명을 사용. 여름 호손즈를 그만두고 프레이즈칼리지로 옮김. 제국경찰 시절 백인 관리의 잔혹상을 묘사한 소설 《버마 시절》 집필. 네 번째 발병한 폐렴으로 입원. | 1933 | 《파리와 런던의 밑바닥 생활》 |
| 1월 직장을 그만두고 사우스월드로 돌아옴. 10월 다시 런던으로 가서 햄스테드의 중고 서점 '북러버스 코너'에서 파트타임 점원으로 일함. 10월 《버마 시절》 출간. | 1934 | 《버마 시절》 |
| 3월 스스로 "돈벌이를 위해 쓴 작품"이라고 혹평했으나 상업적으로는 어느 정도 성공을 거둔 《목사의 딸》 출간. | 1935 | 《목사의 딸》 |
| 1월 출판인 빅터 골란츠의 제안으로 영국 북부 노동자의 삶을 취재하고 이를 바탕으로 《위건 부두로 가는 길》을 집필. 4월 중고 서점에서 일하던 시절의 경험을 토대로 한 소설 《엽란을 날려라》 출간. 6월 영문학을 전공한 인텔리 여성이자 사상적 동반자인 아일린 오쇼네시와 결혼. 문학잡지 《뉴 라이팅》 가을호에 버마 시절의 문제의식을 바탕으로 한 에세이 〈코끼리를 쏘다〉 발표. 스페인 내전이 발발하자 12월 내전에 참가하여 마르크스주의통일노동자당(POUM) 의용군에 입대. | 1936 | 《엽란을 날려라》 |
| 2월 영국에서 온 독립노동당 파견단으로 자리를 옮김. 5월 공산당과 POUM 사이의 좌 | 1937 | 《위건 부두로 가는 길》 |

익 내부 싸움이 벌어지자 POUM 의용군으로 복귀, 전선에서 심한 총상을 입음. 좌익 내부의 분열로 트로츠키파로 몰려 체포될 뻔했으나 7월 아내와 함께 가까스로 스페인을 탈출. 3월《위건 부두로 가는 길》출간.

| | | |
|---|---|---|
| 4월 스페인 내전에 관한 르포《카탈로니아 찬가》출간. 독립노동당에 입당하나 이듬해 히틀러와 스탈린 사이의 불가침조약을 독립노동당이 지지하자 탈당함. 폐결핵에 걸려 모로코에서 요양. | 1938 | 《카탈로니아 찬가》 |
| 3월 영국으로 돌아옴. 6월 중산층 외판원의 고단한 삶을 그린 소설《숨 쉬러 올라오기》출간. 7월 아버지 리처드 블레어 사망. 2차 세계대전이 발발하여 군대에 자원하나 폐가 나빠 입대 불가 판정을 받음. | 1939 | 《숨 쉬러 올라오기》 |
| 3월 에세이집《고래 배 속에서》출간. 전쟁으로 인해 사상적 자유가 통제되며 많은 잡지들이 정간되자 연극과 영화에 관한 리뷰를 기고하며 생계를 유지함. | 1940 | 《고래 배 속에서》 |
| 2월 소책자 형식의 에세이《사자와 일각수: 사회주의와 영국 국민의 재능》출간. 미국의 《파르티잔 리뷰》에 〈런던 통신〉 연재를 시작해 5년간 계속함. 8월 BBC 방송국에서 대(對)인도 방송을 담당. | 1941 | 《사자와 일각수》 |
| 3월 어머니 아이다 블레어 사망. 9월 BBC 방송국 사직. 11월《트리뷴》의 편집자가 되었고, 1947년까지 칼럼 〈내 마음대로〉를 연재. | 1943 | |
| 《동물 농장》을 탈고했으나 골란츠, 니컬슨 앤드 왓슨, 조너선 케이프, 파버 앤드 파버 | 1944 | |

등 출판사 네 곳에서 잇따라 출간을 거절당
함. 6월 아들 리처드 호레이쇼를 입양.

3월 《업저버》의 종군특파원으로 파리에 간    **1945**    《동물농장》
사이 아내 아일린이 수술 중 심장마비로 사
망. 8월 세커 앤드 워버그 출판사에서 《동물
농장》 출간. 두 번째 아내가 될 소냐 브라우
넬을 만남.

2월 세커 앤드 워버그에서 《평론집》 출간. 8월    **1946**    《평론집》
《동물 농장》 미국판 출간, 베스트셀러가
됨. 여름 스코틀랜드 서해안의 주라 섬에서
《1984년》 집필을 시작하나 점차 폐결핵이
악화됨.

폐결핵과 싸우며 탈고한 《1984년》 최종 원    **1948**
고를 12월 세커 앤드 워버그에 보냄.

6월 《1984년》 출간. 10월 폐결핵으로 입원    **1949**    《1984년》
해 있던 유니버시티 칼리지 병원의 병상에
서 소냐와 결혼식을 올림.

1월 21일 폐결핵으로 사망. 옥스퍼드 주 서    **1950**
튼 코트네이의 올세인츠 교회 묘지에 묻힘.
묘비명은 "여기 1903년 6월 25일 태어나
1950년 1월 21일 사망한 에릭 아서 블레어
가 묻혀 있음."

옮긴이 **권진아**

서울대학교에서 영문학을 전공하고 동대학원에서 〈근대 유토피아 픽션 연구〉로 박사학
위를 받았으며, 현재 서울대학교 기초교육원 강의교수로 재직하고 있다. 옮긴 책으로는
《1984년》《태양은 다시 떠오른다》《은하수를 여행하는 히치하이커를 위한 안내서》등
이 있다.

**세계문학의 숲 019**

# 동물 농장 : 어떤 동화

2012년 5월 18일 초판 1쇄 발행
2020년 4월 20일 초판 3쇄 발행

지은이 | 조지 오웰
옮긴이 | 권진아
발행인 | 윤호권 박헌용

발행처 | (주)시공사
출판등록 | 1989년 5월 10일(제3-248호)

주소 | 서울특별시 사임당로 82(우편번호 06641)
전화 | 편집 (02)2046-2869·마케팅 (02)2046-2800
팩스 | 편집·마케팅 (02)585-1755
홈페이지 | www.sigongsa.com
세계문학의 숲 홈페이지 | www.sigongclassic.com

ISBN 978-89-527-6527-7(04840)
     978-89-527-5961-0(set)

본서의 내용을 무단 복제하는 것은 저작권법에 의해 금지되어 있습니다.
파본이나 잘못된 책은 구입하신 서점에서 교환하여 드립니다.

고전의 경계를 넘어 내일을 여는 문학

리스마스의 상징이 된 디킨스의 대표작

*BBC 선정 영국이 가장 사랑한 책 100선
*BBC 조사 '지난 천 년간 최고의 작가' 5위

## 029 젊은 예술가의 초상

제임스 조이스 | 장경렬 옮김

《데미안》과 어깨를 나란히 하는 20세기 최고의 지적 성장소설

*모던라이브러리 선정 최고의 영문소설 3위
*국립중앙도서관 선정 고전 100선
*서울대학교 권장도서 100권
*국립중앙도서관 선정 청소년 권장도서 50선
*미국대학위원회 선정 SAT 추천도서

## 030 미래의 이브 국내초역

오귀스트 빌리에 드 릴아당 | 고혜선 옮김

인조인간과의 사랑을 본격 소재로 하여 펼쳐지는 SF의 전설적인 고전

## 031 비전

윌리엄 버틀러 예이츠 | 이철 옮김

노벨문학상에 빛나는 위대한 시인 예이츠의 오랜 꿈과 예언이 담긴 마지막 걸작

*노벨문학상 수상작가

## 032 미친 사랑

다니자키 준이치로 | 김석희 옮김

일본 탐미주의문학의 상징 다니자키 준이치로의 대표작

## 033 제7의 십자가 1, 2

안나 제거스 | 김숙희 옮김

반파시즘과 반독재의 상징이 된 기념비적 작품이자 사회주의 리얼리즘의 걸작

## 035 귀여운 여인

안톤 체호프 | 김규종 옮김

세계 3대 단편작가 안톤 체호프의 문학을 한눈에 조망할 수 있는 걸작 선집

## 036 열두 개의 의자 1, 2

일리야 일프·예브게니 페트로프 | 이승억 옮김

유쾌한 두 천재 작가의 만남으로 탄생한

소비에트 문학사상 가장 통쾌한 소설

## 038 밤은 부드러워 1, 2

F. 스콧 피츠제럴드 | 공진호 옮김

집필 기간 9년, 17번의 개고를 거쳐 탄생한 피츠제럴드 문학의 결정판

*모던라이브러리 선정 최고의 영문소설 100선

## 040 마음은 외로운 사냥꾼

카슨 매컬러스 | 서숙 옮김

고독 속에서 사랑을 갈망하는 이들의 쓸쓸한 초상, 20세기 미국 문단의 기적 카슨 매컬러스의 경이로운 데뷔작

*타임 선정 100대 영문소설
*모던라이브러리 선정 최고의 영문소설 100선
*오프라 북클럽 선정도서

## 041 목신 판 국내초역

크누트 함순 | 김석희 옮김

혁신적 미학으로 20세기 소설의 새로운 장을 연 노벨문학상 수상작가 크누트 함순의 대표작

*노벨문학상 수상작가

## 042 젊은 베르터의 고뇌

요한 볼프강 폰 괴테 | 김용민 옮김

세계 3대 시성 괴테의 첫 소설. 청년 괴테의 자전적 요소가 담긴, 질풍노도 문학의 대표작이자 서구문학사 최초의 '세계문학'

## 043 인간의 대지

앙투안 드 생텍쥐페리 | 김윤진 옮김

한계상황에 처한 인간의 숭고한 의지를 시적이면서 철학적인 표현으로 그려낸 생텍쥐페리의 대표작

1931년 페미나상 수상작 〈야간 비행〉 동시 수록

*1939년 아카데미 프랑세즈 소설대상
*1939년 전미도서상 수상

## 044 피에르, 혹은 모호함 1, 2 국내초역

허먼 멜빌 | 이용학 옮김

《모비딕》의 고독과 〈필경사 바틀비〉의 절망

이 만나다. 19세기 미국문단의 가장 이례적인
작가 허먼 멜빌의 숨겨진 걸작

## 046 다르마 행려 국내초역
잭 케루악 | 김목인 옮김
《길 위에서》와 함께 잭 케루악의 대표작으로
꼽히는 장편이자 혹독한 삶의 체험으로서의
방랑을 그린 케루악 문학의 정수

## 047 지킬박사와하이드씨
로버트 루이스 스티븐슨 | 권진아 옮김
뮤지컬 〈지킬 앤 하이드〉 원작. 인간 내면의
악이라는 인류 최고의 악몽을 형상화한 신화
적 작품
《롤리타》의 블라디미르 나보코프 평론 수록

## 048 좁은 문
앙드레 지드 | 이상해 옮김
사랑을 위해 자신의 온 생을 걸려 하는 소년과
그를 위해 그 사랑마저 포기하고자 하는 소
녀. 20세기 프랑스 문학의 거인, 앙드레 지드
의 대표작
*노벨문학상 수상작가

## 049 와인즈버그, 오하이오
셔우드 앤더슨 | 김선형 옮김
미국 현대 소설의 아버지 셔우드 앤더슨이 창
조해낸 슬프고 아름다운 그로테스크의 마을
*모던라이브러리 선정 최고의 영문소설 100선

## 050 셰익스피어 4대 비극
윌리엄 셰익스피어 | 여석기 외 옮김
BBC 조사 '지난 천 년간 최고의 작가' 1위
문학사상 가장 위대한 작가, 윌리엄 셰익스피
어의 4대 걸작
*노벨연구소 선정 최고의 세계문학 100선
*뉴스위크 선정 세계 100대 명저
*미국 대학위원회 선정 SAT 추천도서
*서울대학교 선정 동서양고전 200선
*국립중앙도서관 선정 청소년 권장도서

시공사 세계문학의 숲은 계속 출간됩니다.